古罗马神话故事

刘 佳　刘世洁 /编著

中国华侨出版社
·北京·

图书在版编目(CIP)数据

古罗马神话故事 / 刘佳, 刘世洁编著. -- 北京：中国华侨出版社, 2017.12（2019.1 重印）

ISBN 978-7-5113-7304-5

Ⅰ. ①古… Ⅱ. ①刘… ②刘… Ⅲ. ①神话—作品集—古罗马 Ⅳ. ① I546.73

中国版本图书馆 CIP 数据核字（2017）第 310044 号

古罗马神话故事

编　　著：刘　佳　刘世洁
出 版 人：刘凤珍
责任编辑：滕　森
封面设计：冬　凡
文字编辑：黎　娜
美术编辑：李丹丹
经　　销：新华书店
开　　本：880mm×1230mm　1/32　印张：8.5　字数：190 千字
印　　刷：三河市华成印务有限公司
版　　次：2018 年 3 月第 1 版　2021 年 4 月第 6 次印刷
书　　号：ISBN 978-7-5113-7304-5
定　　价：46.00 元

中国华侨出版社　北京市朝阳区西坝河东里 77 号楼底商 5 号　邮编：100028
法律顾问：陈鹰律师事务所
发 行 部：（010）58815874　　　传　　真：（010）58815857
网　　址：www.oveaschin.com　E - m a i l：oveaschin@sina.com

如果发现印装质量问题，影响阅读，请与印刷厂联系调换。

前言

　　古罗马神话是古罗马人对远古历史和对自然界斗争的一种艺术回顾，是人们在同大自然的长期斗争中，在对高尚和文明的不懈追求中创造出来的，反映了古罗马人在人类蒙昧时期对神秘自然的执着追求，对英雄神圣的信仰崇拜，对和平生活的热情向往以及对美好未来的无限憧憬。它们向我们展示了远古时代人类的思想和情感，我们可以透过它们忆起古代与自然共生的人类，体味到世界刚"诞生"时的幽远和隐秘。

　　古罗马神话是人们将世界理想化、把社会诗歌化、把人生艺术化的艺术表现，是"人类美丽童年的诗"，是全人类文明的重要组成部分，世界文学艺术宝库中的奇葩，深刻影响着人类的文化生活和精神追求，是极为重要的世界文化遗产。这些神话故事流传至今已近3000年，作为人类童年时代的产物，显示出永久的魅力，其纯真的艺术形象和朴素的风格，至今吸引着人们去阅读，去欣赏。

　　阅读古罗马神话得到的不仅仅是美学上的享受，还有关于古罗马的大量的宝贵知识。它是史学家研究历史的必不可少的参考书,也是历代文学家和艺术家进行创作的源头之一。

书中所选辑的故事,都是古罗马神话故事中具有代表性的作品,包括了神的诞生、神的家族、神的活动、人类的起源、英雄传说等。故事情节扑朔迷离,生动诱人;内容丰富多彩,引人入胜;语言幽默精练;耐人寻味;人物栩栩如生,跃然纸上。为了帮助读者拓宽阅读视野,本书还附有其他国家和地区的经典神话。

同时,编者还选取了与文字内容相契合的精美图片,将一个浪漫动人的神话世界全方位、多层次地展现在读者面前,加深读者对神话故事的认知,让读者在阅读故事时获得身临其境的感觉和轻松的阅读体验。科学的体例、生动的故事、精美的图片,多种视觉要素有机结合,带领读者进入一个神奇的世界、想象的王国。

古罗马神话反映了人类原始时期的社会秩序,体现了人类的情感、信仰、愿望和幻想。翻开本书,你可以从精彩生动的神话故事中,找到与自己心灵产生共鸣的情感体验,可以从富有智慧的语言中汲取营养、获得感悟、引发思考,为自己的人生营造一方纯净的圣土。

目录
CONTENTS

徜徉于天庭的众神 /1

亚奴斯和萨图恩 /6

萨图恩的族节 /11

萨图恩和朱庇特 /17

天公朱庇特 /22

朱庇特创造人类 /26

丢卡利翁和皮拉再造人类 /31

美丽的天后朱诺 /37

太阳神福波斯 /42

太阳神的爱情 /47

太阳神之子 /52

海神尼普顿 /58

智慧女神密涅瓦 /62

月亮女神的浪漫爱情 /67

凶残的战神玛尔斯 /72

最美丽的爱神维纳斯 /77

丘比特的婚恋故事 /81

冥王普路托的冥界和真理田园 /89

艺术家代达罗斯 /94

底比斯城的故事 /99

坦塔罗斯和儿子珀普罗斯 /104

梅利埃格和阿塔兰特 /109

英雄柏勒洛丰 /114

引起战争的金苹果 /119

特洛伊城的由来 /124

帕里斯和海伦 /128

阿伽门农攻打特洛伊 /132

英雄阿喀琉斯的愤怒 /137

木马计和特洛伊城的毁灭 /142

英雄埃涅阿斯寻找新乐园 /146

朱诺的报复 /151

朱庇特许下诺言 /156

埃涅阿斯在迦太基 /160

女王狄多之死 /164

登陆意大利 /169

拉维尼亚的婚事 /174

朱诺煽动一场战争 /178

埃汪特耳的救援 /184

埃涅阿斯的盾牌 /189

图尔奴斯兵临营房 /194

勇敢少年尼素斯和欧律阿罗斯 /198

围攻特洛伊人 /203

埃涅阿斯回到营房 /208

埃涅阿斯扭转战局 /213

停　战 /218

拉丁姆的民众会议 /223

卡弥拉之死 /227

破坏和约 /231

媾和前的战斗 /236

图尔奴斯与埃涅阿斯的决斗 /241

拉维尼乌姆和阿尔巴·隆伽 /247

洛摩罗斯和雷姆斯 /252

罗马的建立 /257

徜徉于天庭的众神

很久以前,世界是一片混沌。那个时候,天地未分,万物混乱地分布在巨大而又荒凉的空间里。后来,天神乌拉诺斯和地神该亚感到非常孤寂,便通过神力使宇宙产生了巨变,之后出现了十二大主神,这十二大主神都生活在奥林匹斯圣山上。

生活在奥林匹斯山上的十二大主神包括:众神之王也是阳间之王的天公朱庇特、天后朱诺、太阳神福波斯、月亮女神狄安娜、爱神维纳斯、海神尼普顿、谷物女神色列斯、智慧女神密涅瓦、火神伏尔甘、战神玛尔斯、众神信使墨丘利、酒神巴克科斯。除这十二大主神外,还有众多的天神活动在奥林匹斯山上,活动于阴间和人世间的神也有很多,他们一起掌管着宇宙万物,才使得宇宙间不致再处于混沌状态。

居住在奥林匹斯圣山上的众神都有自己的宫殿。奥林匹斯山不仅雄峻,而且充满了圣灵的神气,那里总是风和日丽,没有出现过暴风或是骤雨,山上长满了奇花异草,在阳光的照射之下,散发出的香气醉人心脾。云雾弥漫于奥林匹斯山腰,是一处难得的极乐世界,众神们自然愿意在此建立自己的居所了。

奥林匹斯圣山上的众神是怎样生活的呢?每天清晨,曙光女神奥罗拉都会比其他神起得早,她用她玫瑰色的手指打开天门,把阳光放进天宫。当天神们看到金灿灿的阳光后,便会起床聚集到天公殿堂里,对众神之王朱庇特进行朝拜。天公朱庇特庄严地坐在金色的宝座上,与众神一起沉浸在喜悦和欢乐之中。说笑之余,青春女神尤文塔斯会把一些精美的食品、仙酒奉献给大家品尝。有些时候,太阳神福波斯也会为众神们弹奏竖琴,在悠扬的琴声中,天公与众神如痴如醉,有时会不由得随着乐声手舞足蹈。穿着艳丽衣裙的美丽女神卡里忒斯(妩媚、优雅、美丽三位女神的统称)为众神带来优美的舞蹈,缪斯(主管文艺和科学的神)唱上一段悦耳的歌……当满天的繁星在黑夜女神诺克斯的手中点亮时,众神才恋恋不舍地回到各自的

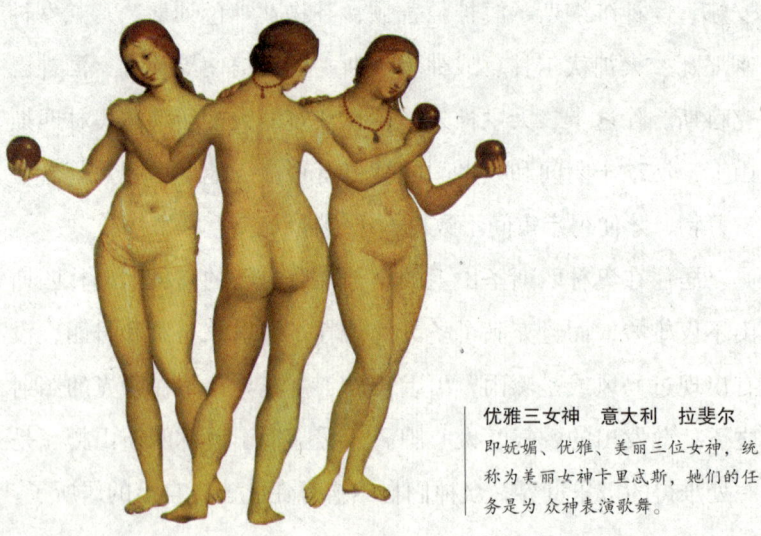

优雅三女神　意大利　拉斐尔
即妩媚、优雅、美丽三位女神,统称为美丽女神卡里忒斯,她们的任务是为众神表演歌舞。

宫殿。奥林匹斯山沉浸在万籁俱寂之中，只有繁星在空荡的苍穹中俯瞰着大地。

在众神中，虽然天公朱庇特是万物的主宰，但其余的神并不是只为朱庇特服务的，比如卡里忒斯和缪斯，他们的任务就是给众神表演歌舞，而三位时光女神赫耳则负责看护奥林匹斯的天门。当然，他们之间还有各种扯不断的关系，或是兄弟姐妹，或是夫妻。

朱庇特的权力很大，但他同样需要一位出色的助理，充当这一角色的就是正义女神朱蒂提亚。她是时光女神赫耳的母亲，由于她执法如山，铁面无私，朱庇特非常器重她，让她坐在自己宝座的旁边，负责制定和保障法律的实施。除了作出正义的决定之外，奥林匹斯山及整个宇宙的治安也归她掌管。

朱庇特一旦作出了什么决定，就会让女信使伊里斯去向众神传递，所以伊里斯一直坐在朱庇特的台阶上，从不敢离开半步。在睡觉时，她也不脱鞋，不揭面纱，朱庇特每每都夸奖她是一个忠实的仆人。

此外，朱庇特的三个女儿也会协助父亲治理宇宙，并且对人间的法律的执行进行监督。朱庇特的这三个女儿分别是诺娜、得客玛、摩耳塔，她们又被人们合称为命运女神帕耳开，掌管着天地间万物的寿限，各种生灵的生命之线都由她们来决定。每天，她们会把一些人的命运写在铜殿的墙壁上，一些天体运行的路线轨迹也是墙壁上的规划之一。这些规划一旦被写在铜

徜徉在天庭的众神

奥林匹斯山不仅雄峻,而且充满灵气,那里总是风和日丽,一片祥和气息。山上长满奇花异草,香气四溢,山腰云雾弥漫,是一处极乐世界。

墙上，就很难再改变了，所以帕耳开在计划这些时也都是经过慎重考虑的。在她们中，诺娜负责定型生命线，得客玛负责起伏生命线，而摩耳塔负责规定生命线的长短。当计划内的某个生灵的生命线到期时，她们便派信使墨丘利把这一信息送到阴间，由阴间冥王普路托执行审判。

众神很少会离开奥林匹斯圣山，只是偶尔才会下凡到人间，但也是以不同形体展现在世人面前的，而不能自诩为天神。当然了，下凡后的天神是任凭我们怎么看也分辨不出与常人的异同的。他们下凡也大都是奉命去人间体察民情，然后向天公朱庇特汇报情况。

不过，这些天神也并不是一直生活在天宫，一直过着神的生活，他们也是有生命轮回的。如果天宫里的某个天神犯了错误，或是人间有某种凡人解决不了的问题，天公朱庇特就会命他们去下界投胎转世。出生后的天神们也各有任务，或是去协助人间国王治理国家，或是去避免人间的某种灾难。即使天神们不满朱庇特的这种安排，也不能表示反对，因为天命不可违。如果有天神稍有反抗，雷电轰顶就会降临到他身上，大多情况下会被打入十八层地狱，永世得不到翻身的机会。当然了，众神宁可下到凡间也不愿意受到这样的惩罚。

亚奴斯和萨图恩

台伯河下游的一段狭长地带是罗马的发祥地,这条河流在天公朱庇特还没有掌权时就已经存在了,虽然当时没有名字,但毕竟是存在了,而且已经存在了很长时间。

在台伯河的一侧,耸立着满是参天古树的山峰,其中的一座叫阿文丁,另一座叫帕拉丁,其他的山峰一直都没有人知道它们的名字。沿着这条河流居住着一个土著民族,亚奴斯则掌管着这个民族,人们对这个国王既崇敬又惧怕,不知什么时候起,他就开始统治着这个民族了。

由于能力所限,国王亚奴斯的城堡非常简单,只能就地取材。城堡建在台伯河右侧的一个叫亚尼库罗姆的小山坡上,不远处便是台伯河的入海口。这个民族没有离开过台伯河半步,不知道除了他们之外,世界上是否还有其他的民族,更不知道自己的生活风俗粗野,而需要美好、高尚的生活。他们没有种子,所以不会农耕,只会狩猎。在台伯河流域,除了自然环境给他们带来的艰险外,他们还面临着凶猛动物的袭击。总之,这个民族生活在愚昧与水深火热之中。

台伯河地区也从没有外人来过，但有一天一个不速之客闯入了这个地区，打破了这个民族的生活习惯。那天，这里的人们聚集在台伯河的岸边，原来他们看见了一条大船正沿着台伯河扬帆而来。船在离河岸不远处抛了锚，人们远远地观望着，不敢走上前去。这时，从船舱里走出一个神采奕奕的金发男子，他微笑着向人们打招呼，并吩咐仆人从船上领下来几头牛。这里的人们只见过野牛，且知道野牛凶残成性。男子呼唤那几头牛走到自己身边，向人们解释这些牛都是驯服过的，它们可以为人们犁地，并为人们提供牛奶。接着人们还看到了一群与山羊有些类似的绵羊，男子手指着羊身上的那厚厚的羊毛告诉人们："瞧，它们是不是和你们这里的山羊不同呢？它们身上的这些毛可以用来织成衣物，要比你们身上这些熊皮和貂皮柔软多了。"经过他这么一说，几个胆大的人走上前去，摸着软绵绵的羊毛，竟然有些陶醉。

金发男子还带来了一些会嗡嗡叫的小东西，它们被装在一个大竹筐里。男子告诉大家："这叫蜜蜂，它们会制造出甜美的蜂蜜，你们肯定会非常喜欢那种汁液，这些都是上苍赐给大家的。"人们的热情开始变得高涨起来，让谷粒慢慢地从手指缝里撒落下来，鼻子呼吸着谷粒的香气，耳朵听着谷粒落地的声音，多么美妙的享受啊。

正当大家被这突来的奇迹感动时，国王亚奴斯走了过来，金发男子很快意识到这个人与其他人的不同，忙走上前去自我介绍说:"尊敬的陛下,我叫萨图恩,遭到了一个强大国王的迫害,所以来到了这里,希望你能收留我。同样,为了表达我对你的感激,我给你和你的臣民带来了享受高尚生活的本领和艺术。"萨图恩的诚恳打动了亚奴斯,萨图恩在台伯河地区住了下来。

接下来的日子里,台伯河地区的人们在萨图恩的带领下学会了使用农具、栽种谷物、建造房屋等。以前愚昧的生活渐渐被高尚的生活取而代之。在这里,没有主人和奴隶,没有贵与贱的不平等,更没有仇恨与厮杀,处处呈现出一派和平与宁静的气氛。

萨图恩在亚尼库罗姆山的另一侧建造了一座名叫萨图尼亚的城市,他与亚奴斯一起统治着这块土地。在两人的共同努力下,这里出现了空前的太平盛世。

"我想给这个国家起个名字,"一天,满面容光的萨图恩回想着自己取得的成绩沾沾自喜地说,"这里收留并藏匿了我,使我免遭了灾难,所以,我觉得这个国家应该叫拉丁姆,即'藏匿的国家'的意思。我希望这里以后能永享和平与安宁,人们都能过上幸福的日子。"一边说,萨图恩一边骄傲地回忆着。

"依我看你的愿望有些不现实,"亚奴斯摇着头对萨图恩说,"既然有和平就会出现战争,和平并不是永久的。虽然我也有和你同样的愿望,但我觉得国家并不能保护人民永远不受战争的威胁。"

看到萨图恩脸上恐惧的阴云,亚奴斯顿了一下,然后接着说:"我既是宇宙的开始,也是宇宙的结束,宇宙间的万物都是难以预料的,你我更是左右不了。"

从那以后,这片土地有了自己的名字——拉丁姆。但因害怕眼前美好的一切都会消失,萨图恩开始回避所有的人。人们对萨图恩相当尊敬,但却不知道为何他总是对众人避而不见。后来,亚奴斯对人们说出了其中的缘故。原来,萨图恩是天神之父,但受到了天神的追捕,才来到了这个地方,而他担心他一手创造的这个世界会消失,所以觉得无颜再见对他尊敬的人们。在亚奴斯的建议下,人们建造了一座神庙,来感谢萨图恩给他们带来的幸福。后来,人们还按期举行规模盛大的萨图那利亚庆典,戴着萨图那利亚节日的面具结队游行。在这些活动

宁静和谐的拉丁姆
在这里,没有高低贵贱,更没有仇恨与厮杀,一片和平宁静的氛围。

中，不管地位尊卑都只扮演一个角色，以唤起人们对那个黄金年代的回忆。

一天，亚奴斯居住的那个宫殿里突然空无一人，就这样，亚奴斯作为国王的使命也不知不觉地结束了。为了纪念亚奴斯，人们把他奉为人世间最神秘、最深不可测的神。在意大利，人们对他更是尊敬。最古老的信息告诉人们，亚奴斯是起源神，执掌着入口和开始，也执掌着出口和结束，同时他又被称为"门户总管"，他永远都象征着世界上矛盾着的万事万物，所以，他的肖像通常被画成两张脸，有"双头亚奴斯"的说法。

萨图恩的族节

当萨图恩来到台伯河地区后,与凡间的一个女子一见钟情。两人结婚后,萨图恩对妻子关怀备至,女子一直不知道丈夫是个天神。没过多久,妻子为萨图恩生了一个儿子,取名为皮库斯。皮库斯继承了父母的优点,英俊潇洒,且勤劳勇敢,是一名人人称赞的好猎手。当时的国王亚奴斯有一个女儿,长得国色天香,且能歌善舞。每当她引吭高歌时,人们都会驻足倾听,天上的云和地上的流水也会停下来,并为之打动。美女配英雄,亚奴斯的女儿自然嫁给了萨图恩的儿子皮库斯。

亚奴斯完成了国王的使命以后,皮库斯当上了拉丁姆的国王。他在台伯河的出口处建造了一座华丽的宫殿,人们在这座宫殿的周围又相继建造了很多的房屋,这里渐渐地形成了一座城市。这座城市里有很多的桂花丛林,当地人称为劳伦图姆,所以,这里的人们又自称为劳伦特人。

一天,皮库斯在外出狩猎时误进了巨魔妖女喀耳刻的地界。喀耳刻被皮库斯英俊的长相所打动,想尽了各种方法要把皮库斯留住,但皮库斯并没有被她的妖媚所迷惑,而是想方设法要离开那个地方。喀耳刻见皮库斯不为所动,便对他进行威胁。喀耳刻把一些也误进入这里或是她从别的地方捉来的人都变成了动物,这些动物龇牙咧嘴地围着皮库斯所在的牢笼咆哮着,但勇敢的皮库斯依然不为所动。他觉得自己有一半神的血统,喀耳刻的魔法应该对他起不到多大作用,但皮库斯还是低估了喀耳刻的力量。在喀耳刻的咒语之下,皮库斯变成了一只啄木鸟。在溪水前,皮库斯看到了自己的模样,他觉得自己丑陋无比。正当他悲愤交加的时候,他感觉到有一种神奇的力量在把他向空中推去,而且耳边响起了一阵能穿透他内心的声音:"我是战神玛尔斯,我希望你从今以后能成为我的圣鸟,皮库斯,勇敢地飞吧。"果然,从那以后,皮库斯变成的啄木鸟成了战神玛尔斯肩头上的一个标志。有时候,皮库斯也会变成人形,在他曾经居住过的拉丁姆的每一片土地上徜徉。

自从皮库斯离开王宫后,他的儿子法乌诺斯继位。在法乌诺斯执政时期,出现了种种不同于以前的现象,那种黄金时代里和平幸福的日子开始被打破,人们隐约感到,黄金时代已经接近了尾声。尽管人们很想以各种方法把黄金时代留住,但天命不可违,黄金时代还是像天上的浮云一样随风飘得越来越远。

在亚奴斯统治时期,在阿文丁山上就住着一个可怕的巨人卡科斯,卡科斯是火神伏尔甘的儿子。可能是继承了父亲的丑陋吧,伏尔甘的这个儿子更是变异得有些让人害怕,他的身体

随着时间之神的音乐起舞　法国　普桑
黄金时代的和平幸福生活是萨图恩一手缔造的,这一时期的人们友好相处、平等互助,一派和谐愉悦的气氛。然而随着时间流逝,人们隐约感到,黄金时代已经接近了尾声。

没有固定的形状,而且体内会发出炽热的烈火,口内喷吐着冒着剧毒的蒸气,让人一见到他就会吓得屁滚尿流,甚至昏死过去。萨图恩来到这个地方以后,卡科斯慑于萨图恩的神力,没有再露过面。但当亚奴斯和萨图恩相继离开拉丁姆后,卡科斯醒了过来,而且他把路过这里的人们吓昏后背进山洞,作为自己的食物,大撕大扯之后就开始贪婪地咀嚼,满嘴鲜血淋淋,嚼剩下的骨头都堆成了山。然后，卡科斯用巨石把洞口堵住，没有一点儿缝隙，甚至连一根针都插不进去。任何人都不知道这个地方还隐藏着一个可怕的魔窟。

作为国王，法乌诺斯只能眼看着拉丁姆被卡科斯糟蹋，而找不出任何解决的办法，直到赫丘利的出现。

赫丘利是一个和神一样伟大的英雄，他完成了欧律斯透斯交给他的十二项任务：恶斗巨狮，杀死许德拉，等等。在完成了这十二项任务以后，赫丘利在一个富庶的地方建立起了一座城市，取名赫卡托姆皮洛斯。随后，他又在大西洋岸边竖起了两根赫丘利大柱。紧接着，他又进行了长途跋涉，最后来到了台伯河山谷。

一天，赫丘利走近一个劳伦特人家，要甜酒解渴，这种酒是用葡萄酿造的。由于喝得过多，赫丘利感觉到身体有些飘飘然，看到旁边有一片碧绿的草地，他倒头便睡，被他牵来的一大群牛在附近吃草。

正在这时候，饥饿的卡科斯寻

| 飞翔的赫丘利

食到了这里,当他走近赫丘利时,意识到眼前的这个巨人是神之子,虽然只是半个神。于是,他把眼光转向了不远处的牛群:"多么肥壮的牛啊,要是能得到这些牛,最起码也能够吃上几天。"想到此,卡科斯不由得口水直流。"要是赫丘利顺着牛的脚印找到山洞那该怎么办呢?"卡科斯心还比较细,眼珠一转,便想出了一个主意。他并没有去牵牛头,而是牵着牛的尾巴,倒着把牛牵回了洞里。这样,牛的蹄印正好与进洞口的方向相反,如果顺着牛正走的方向去找,是不会有人找到洞里的。

可出乎卡科斯的意料,这群牛刚到了黑乎乎的洞窟里就发出了一阵阵尖利的叫声。叫声把赫丘利惊醒了,他发现从革律翁那里牵回的牛都不见了,便顺着声音找到了阿文丁的山洞前。赫丘利轻而易举地把洞口的巨大石块搬走,用棍棒把卡科斯这个在拉丁姆横行的妖魔送去了普路托王国。

妖魔虽然除掉了,但世界还是开始了白银时代,出现了罪孽。

法乌诺斯的妹妹福娜是个贞洁的姑娘,虽然人们知道国王有一个妹妹,但却不知道他的这个妹妹叫什么名字,见过福娜的人更是没有几个。一天,法乌诺斯去看望福娜,但他看到了一幕以前他从来没有看到的景象。往日那个矜持的福娜不见了,眼前的这个福娜披头散发,衣衫不整,醉眼蒙眬地望着哥哥,身体摇晃着走了过来。当福娜走到法乌诺斯面前时,法乌诺斯用力地摇晃着妹妹的肩膀:"你是怎么了?怎么会变成这样呢?

你那圣洁的灵魂呢?"

尽管法乌诺斯已歇斯底里,但福娜还是妩媚地望着哥哥,唱着醉歌。法乌诺斯看到餐桌上杯盘狼藉,顿时明白妹妹已经喝醉了。

"你怎么能喝这么烈性的葡萄酒呢?你难道把以前的圣洁全忘了吗?是谁把这么罪恶的饮料送给你的?"无论法乌诺斯怎么问,福娜就是不说话。最后,愤怒的法乌诺斯急了,他抓住福娜的头发,用一根树枝抽打着福娜的身体。衣服被撕破了,但法乌诺斯还是没有停下来。最后,福娜倒在地上,鼻子和嘴都向外淌着血,法乌诺斯开始心疼起妹妹,忙走上前去,但他发现福娜已经死了。法乌诺斯非常后悔,他赐予了妹妹神一般的礼遇,但最终还是没有逃脱神对他的惩罚。法乌诺斯被朱庇特变成了一只长着羊角的丑怪,他整天在山野森林里游荡,追逐着漂亮的仙女,但最终都是两手空空。

随着时间的流逝,白银时代也过去了,随之而来的是青铜时代。在这个时代里,无数的人为了权力而争斗,他们用鲜血才换回了暂时的和平。特洛伊人的国王埃涅阿斯则是神送给青铜时代的礼物。

萨图恩和朱庇特

当宇宙滋生出万物后，整个世界豁然开朗，以前那个浑浊不清、烟雾弥漫、到处飞沙走石的世界不见了，取而代之的是一个井然有序的世界。

后来，天神乌拉诺斯和地神该亚结了婚，并生了好多孩子。生性残暴的乌拉诺斯把除了他喜欢的二儿子萨图恩以外的儿子都关进了地下的一个牢笼里，让他们整天见不到天日。萨图恩虽然深得父亲的宠爱，但却心地善良，他一直想把兄弟们从地牢里解救出来，但迫于父亲的威力，迟迟没有行动。

一天，萨图恩去看望母亲该亚。地神该亚是一个淳朴贤惠的母亲，她也非常想念她的孩子们。在谈起这事时，萨图恩向母亲请教救兄弟们的方法。该亚把血管里的铁全部给了萨图恩，让萨图恩去铸一把镰刀，然后拿这把镰刀去把父亲乌拉诺斯的手臂砍残。萨图恩按母亲的方法去做了，被砍残手臂的父亲没法再阻止萨图恩，萨图恩把关在地牢里的兄弟们都给放了出来。

乌拉诺斯的大儿子叫提坦，他和兄弟们都非常感激萨图恩。

按照这个国家的规定,父亲的权力是应该由大儿子来承袭的,但提坦对萨图恩说:"如果你答应我一件事,我就把国王的位子让给你,让你成为整个世界的主宰。"

萨图恩为自己的功劳而沾沾自喜,他虽然希望兄弟们和睦相处,但对国王的位子也垂涎已久,于是,他答应了提坦的要求。

提坦郑重地对萨图恩说:"你以后有了孩子一定要把他们都吃掉,否则他们会对你的王权造成威胁。你能答应我这个要求吗?"

因为当时萨图恩还没有结婚生子,所以他只是稍微想了想就答应了哥哥的要求。不久以后,萨图恩爱上了他的妹妹奥普斯,奥普斯温柔善良又有沉鱼落雁般的美貌。奥普斯接受了萨图恩的追求。婚后,他们的生活非常甜蜜,夫妻情笃,奥普斯为萨图恩生下了好多孩子,但每生一个,萨图恩就会吃掉一个。作为萨图恩的妻子,奥普斯也相信提坦的预言,但作为母亲,她却为自己的孩子们感到悲痛不已。如何才能挽救孩子的生命呢?冥思苦想之后,奥普斯终于想出了一计。

那天,奥普斯又生了一个孩子,她知道,萨图恩的嗅觉非常灵敏,每次孩子一出生,萨图恩都会很快来索要孩子。奥普斯刚把出生的孩子藏好,萨图恩就来到她的床前,奥普斯把早已经准备好的一块有肉味的大石头递给了萨图恩。萨图恩没有怀疑自己的妻子,在这之前,他已经吃掉了很多孩子,他相信妻子这次交给他的还是他的孩子,所以接过大石头以后没有细看就开始咀嚼起来。就这样,奥普斯救下了第一个孩子朱庇特。此后,奥普斯又用同样的办法救下了两个孩子——尼普顿和普路托。

朱庇特生下来以后,奥普斯带着他来到克里特岛,那里到处是龟裂的土地。于是,奥普斯用权杖敲击岩石。岩石上顿时电光闪闪,骤然间迸裂开一条岩缝,一股清泉涌出,在龟裂的土地上肆意横流,地面上顿时升起了一层湿意。奥普斯用清冽的泉水为朱庇特洗干净了身体,然后把他交给了一个仙女:"你一定要替我把这个孩子照管好,并且要对这件事绝对保密,你能做到吗?"

仙女答应了奥普斯的要求,然后把朱庇特抱进了一个仙洞

神圣的空间　意大利　弗朗切斯科·阿尔巴尼
当宇宙滋生出万物后,世界开始变得井然有序,逐渐取代了以前那个浑浊不清、烟雾弥漫、到处飞沙走石的世界。

银河的起源　西班牙　彼得·保罗·鲁本斯
萨图恩和奥普斯生了很多孩子，但因为对提坦所说神谕的恐惧，奥普斯每生一个孩子，萨图恩就会吃掉一个，后来奥普斯用有肉味的石头骗过了萨图恩，救下了三个孩子，第一个就是日后的天公朱庇特。

里。住在这个仙洞里的其他仙女也都非常喜欢这个孩子。在这里，朱庇特睡在金色的摇篮里。每当他啼哭时，仙女们就会以各种不同的方式哄他开心，如果哭声太大，仙女们就会把铜盾高高地举在摇篮上方，用短剑敲击铜盾，让叮当的噪声来淹没孩子的哭声。就这样，萨图恩一直没有发现自己的孩子还活着。

然而，朱庇特及其他两个孩子活着的消息还是让提坦发现了，提坦认为这几个孩子是萨图恩藏匿下的，于是，以萨图恩失信于他为借口向萨图恩宣战。

当时的朱庇特虽然只有一岁多，但已经长得非常结实，身材魁梧，力量无穷。当听到战争的锣鼓声和呐喊声时，朱庇特不顾仙女们的反对，毅然投入战争中来。朱庇特手持长矛，身先士卒，帮助父亲战胜了提坦的进攻。

　　虽然朱庇特帮助萨图恩解了围，但萨图恩还是对提坦的预言感到恐慌，他怕朱庇特会像他杀掉自己的父亲一样杀掉他，于是，他想方设法地想杀掉朱庇特。最后，正如提坦的预言一样，朱庇特夺得了王位，成了众神之王。在朱庇特的追杀下，萨图恩逃往了意大利。在那里，他与亚奴斯一起统治着那个国家，并使那里的人们过上了幸福的生活，使世界进入了黄金时代。在那里，萨图恩娶妻生子，和妻儿平平静静地过起了凡人的生活。

　　但任何安宁都只是暂时的，像没有永恒的战乱一样，萨图恩享受到短暂的安逸之后，一场战乱却悄无声息地来临。

天公朱庇特

因为是神的儿子，所以朱庇特的智慧和力量迅猛增长，他经常能办一些其他神办不到的事情。朱庇特喜欢拿着独眼巨人库克罗普斯为他炼制的雷电棒玩，每当这个时候，天空就会出现电闪雷鸣。所以，朱庇特被称为雷电之父。

萨图恩想尽了一切办法去阻止朱庇特的强大，但提坦的预言还是实现了。在朱庇特成为一个英俊少年时，他把父亲萨图恩从王位上赶了下来，自己成了宇宙的主人。朱庇特还把弟弟普路托封为冥王，尼普顿封为海神。

虽然整个宇宙到了朱庇特的手中，但接下来的统治并没有想象的那么顺利。被关在地牢里的一些提坦巨神开始起来反抗，他们来到阴间作威作福，导致山崩地裂。最为可恨的是，他们在奥林匹斯圣山前叫嚣个不停，并把一座座山堆叠起来向奥林匹斯山攻击。山上的岩石掉进海里成了岛屿，落在陆上则成了丘陵。

提坦的叛乱持续了十多年，朱庇特依然没能够平息。朱庇特一筹莫展。为了使地球能恢复正常秩序，使人们免遭生灵涂炭,朱庇特进入地球的中心——塔耳塔洛斯求援。这里漆黑一片,库克罗普斯就被关在这里,他只有一只眼睛,且长在额头上,力气大得惊人。他们由各长了50个头和100只手的三个巨人看守着。

朱庇特向众神说明来意:"我现在是这个宇宙的主人,但被关在地牢里的那些提坦神却来反抗我,我希望你们能为了地球的幸福帮我把这些提坦神制服。"库克罗普斯和那三个巨人都表示愿意帮助朱庇特来平息这场叛乱。他们跟随朱庇特来到阳间,在奥林匹斯山前,他们遇到了手持山峰的众提坦神。

见天公朱庇特带来了援兵,提坦神们又发动了新一轮进攻。闪光的箭是库克罗普斯的武器,而三个巨人则是用百臂举

朱庇特的抚养　法国　普桑
尽管萨图恩想尽办法阻止朱庇特的强大,但提坦的预言还是实现了。朱庇特长大后,把父亲萨图恩从王位上赶了下来,自己成了宇宙的主人。

古罗马神话故事

起一百块巨石，战场上顿时一片火花。提坦神们也不示弱，他们把擎天的巨山朝库克罗普斯扔来，巨山落地后响声震天，尘土飞扬。正当双方相持不下的时候，朱庇特召唤雷电从天而降，雷公把提坦神肩上的巨峰劈成了两半，闪电则在森林里燃起了熊熊大火。再加上库克罗普斯和三个百臂大神的攻击，提坦神无从应对，葬身于一片乱石之中。朱庇特乘机把他们推入了黑暗的塔耳塔洛斯。朱庇特终于平息了提坦神的叛乱，真正取得了宇宙的统治大权。

之后，天公朱庇特为了巩固他的统治又做了很多工作，天下太平以后，朱庇特也开始动了凡心。在众多的女神当中，朱庇特的妹妹朱诺算是最出众的，她有沉鱼落雁般的美丽，且对人和善，深得众神的爱戴。朱庇特非常喜欢朱诺，于是迎娶了朱诺作为天后。

当然，朱庇特并不是只认识一个女性，他经常下到人间去爱抚某些仙女或是半神的女儿。作为美的创造者，朱庇特也喜欢男性的美。一次，他看见了一个英俊的男子，就想让他做传命官。还有一次，他遇见了一个牧童，那个牧童更加英俊潇洒，朱庇特为之所动，便化作一只雄鹰把牧童叼回了奥林匹斯山。

天公朱庇特是永恒存在的，他是万物生灵的第一个祖先，是世界之主，又被称为天父。在宇宙间，野草、苍鹰等一切万物都得对朱庇特唯命是从。朱庇特飘浮在天空中，凡是他的光线所能照耀到的地方都属于他的财产。当朱庇特满面春风时，天空就会风和日丽，而当朱庇特忧郁伤心时，天空就会阴沉甚至下雨。朱庇特还经常刮起破坏性的飓风，在海上掀起狂风恶浪。总之，宇宙间的各种变化都是随天公朱庇特的情绪而改变的。所以，朱庇特又被称为万能圣主。

同时，天公朱庇特也是正义的最高化身。朱庇特的决策都是经过了深思熟虑的，都是充满智慧的，所以，虽然他的劝告不易理解，但却不可改变。朱庇特对任何人都一视同仁，无论是最有权势的人还是没有了自由的人，在朱庇特面前，他们都是他的孩子，他会根据因果报应来决定万物生灵的轮回。

朱庇特一度被看成拉丁联盟的佑护神，后来，又成了罗马国的主神。在卡皮托尔山峰顶端坐落着一座圣庙，这座庙是为了专门祭祀朱庇特而建的，人们通常用母山羊、母绵羊或是白公牛作为对天公最高贵的祭礼。在各处的雕像中，朱庇特都浓眉大眼，深深的眼窝里镶嵌着一双充满智慧的大眼睛，侧面的头发呈波纹状，胡子卷曲，浓密的头发饰在前额。有的手执雷电棒，有的高举刻着雄鹰的权杖，等等。

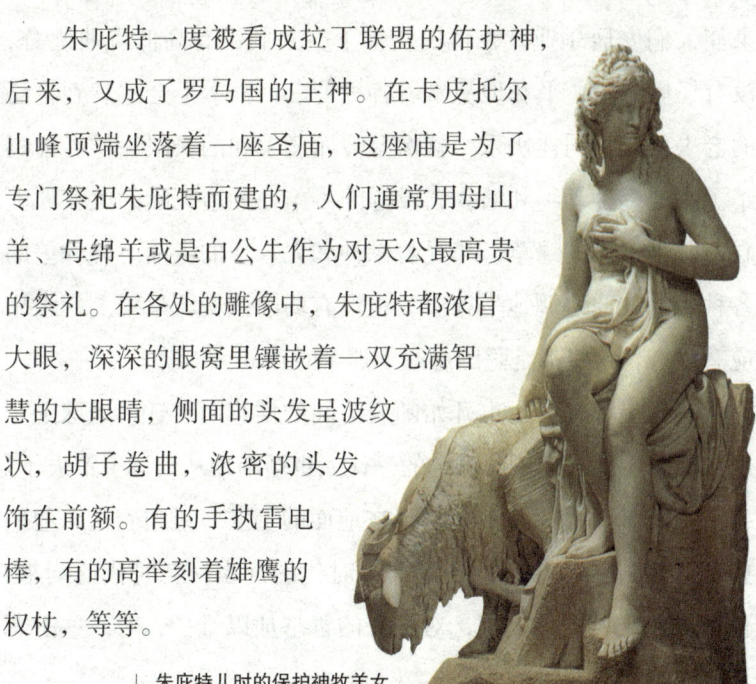

| 朱庇特儿时的保护神牧羊女

古罗马神话故事

朱庇特创造人类

黄金时代的人类生活在一个自由自在的世界里，他们像神一样永享荣华富贵，无忧无虑。在那个时候，统治天国的还是萨图恩，萨图恩是一个心地善良的神，他希望以他仁慈的统治来使人们安居乐业。在他的统治下，人们没有高低贵贱之分，没有任何纷争，平和地从事着各种劳动，根本不会注意到自己的老去，死亡同样快乐，就像温暖而又柔和的长眠一样。神赐予了大地多种动物和植物，成群的牛羊在无边无际的大草原上吃着肥美鲜嫩的绿草，享受着像神和人一样的生活。森林里的各种生物彼此协调地生存着，也没有弱肉强食。果树上的水果应有尽有，这些都是萨图恩赐予那个时代的。

斗转星移，命运也开始随着时间的推移而变迁，地球上宁静祥和的生活结束了，黄金的一代人也渐渐地从地球上消失了。生活在黄金时代的这批人飘浮在地面的上空，凝望着这个他们曾经生活过的地球，见证着那个时代的远去，新时代的到来。他们成了虔诚的保护神，对正义的善举加以维护，对一些丑恶和弊端给予惩罚。

黄金时代过去后,尾随而来的是白银时代,诸神用白银创造了第二代人。所有一切都表明,黄金时代已经一去不复返了。白银时代出现的第二代人类与第一代人类截然不同。在外貌上,他们出现了丑美之分,高矮胖瘦各不相同。在思想上,第二代人类不再像第一代人类那样与世无争。在每个家庭里,孩子成了最有权威的神,父母们对他们百依百顺,娇生惯养,尤其是母亲,更是无微不至地关怀自己的儿女们。由于在各方面都没有自己真正行动过,而是父母来代劳,所以这些孩子根本就没有成熟的思想,无论他们身形长得多么高大,生活在这个世界上一年和一百年是一样的。

随着时间的流逝,当这些孩子步入成年时,当他们必须从父母身边走出来时,他们的一生只剩下短短的几年了。猛然间被推入这个世界,他们无法适应,只能毫无理智地把自己带入一个苦难的深渊。为了生活,这代人学会了尔虞我诈,他们行为放荡,肆无忌惮地违法乱纪。这代人是应该得到神的惩罚的。天公朱庇特对这代人非常恼火,最让他无法忍受的是,这代人竟然不再祭祀诸神。朱庇特决意要惩罚这代人,但怎样才能恰如其分地使这代人得到应有的惩罚呢?天公朱庇特是世间最公正的神,虽然他不愿意看到诸神受到人们的亵渎,但他没有否认这代人身上也有不少优点,比如爱护幼小,所以,朱庇特恩准这代人在生命结束以后,他们的灵魂仍然留在地球上,比如以魔鬼的形式四处漂泊流浪。

黄金时代　德国　老卢卡斯·克拉纳赫
黄金时代的人类生活在一个自由自在的世界里,他们像神一样永享荣华富贵,无忧无虑。

白银时代结束了,世界上又开始了第三个时代,即青铜时代。天公朱庇特创造了第三代人类。青铜时代的人类跟白银时代的人类从外貌和思想上又有了差距。他们长得与前两代人不同,非常高大,除了美丑,还出现了凶善之分。在思想上,这代人执拗顽固,我行我素,把自己放在一切事物的最前面。因为那个时代还没有铁,所以人们住着青铜房屋,使用青铜制的农具耕种田地。此外,这代人性格粗鲁,残忍而粗暴,他们不再吃田野上的各种果实,而是去寻吃各种肉类动物,其中也包括人。英雄们使用青铜制的武器冲锋陷阵,他们为了个人的利益而杀人如麻,但赢来的和平却都是短暂的。面对更加残忍的死亡,他们高大的身躯没有任何抗拒的办法,逃到哪里也摆脱不了死亡的影子。因为他们的罪孽,这代人类在离开光明的大地之后,被冥王普路托收进了阴森可怕的冥府之中,终年不见天日。

第三代人长眠之后,天公朱庇特又创造了第四代人类。这代人的祖先都是半人半神的英雄,所以朱庇特赐予了他们肥沃的土地以及高贵的品格和正义。但是,矛盾和战争还是降临在了这代人身上,在长矛下,他们从灾难中挣扎出来,结束了自己在尘世间的生活。朱庇特以他的仁慈把这代人送到了极乐海岛,让他们的灵魂在风景优美的大海上生活。在那里,他们似乎又进入了黄金时代,祥和安宁,没有战争,每个人都是幸福的使者,富饶的海岛每年都会给他们带来甜蜜的果实。

第四代人消失以后，以黑铁制成的第五代人出现了。这代人完全没有了前四代人的影子，他们彻底堕落，痛苦和罪孽围绕着他们。他们不再有欢乐和幸福，而是满心的忧虑和苦恼。而最致命的一点是，这代人是自身最大的祸害，亲骨肉间充满了矛盾，自相残杀，朋友间不能坦诚相待，而是钩心斗角，连白发苍苍的老人都得不到怜悯和敬重。多么残忍的一代啊。正直、善良不但得不到发扬，反而被践踏，权利也不再受到尊重，人世间处处充满了肮脏。在这代人心中，天天都在盘算着如何去毁灭对方的国家或是城市，如何去把对方的权利占为己有，这是多么不幸的一代人啊。当主管羞耻和神圣尊严的女神来到大地上时，看到的都是一些惨不忍睹的场面，她们不愿再停留下去，悲哀地离开了人间。这时候的人间充满了绝望和痛苦，连神都没有办法拯救了。

丢卡利翁和皮拉再造人类

当那些下凡到人间的神悲愤地回到天宫时,朱庇特还是不太相信他所创造的人类会有如此的恶行和弊端。于是,朱庇特决定去亲眼看个究竟。朱庇特装扮成一个凡人来到尘世间察访,他所看到的景象更是触目惊心。

在天宫时,朱庇特就听说阿尔卡狄亚国王吕卡翁非常野蛮凶残,因为没有见过,所以不敢相信。一天傍晚,他走进了吕卡翁的王宫。朱庇特以各种方法向人们说明了自己是一个神,服侍吕卡翁的一群人都对朱庇特跪下顶礼膜拜,只有吕卡翁在一边偷笑:"你们这些愚蠢的家伙,他哪会是神呢?明天早上你们就会知道他到底是不是神了。"于是,吕卡翁开始在心里盘算

手持雷电的朱庇特
至高无上、唯我独尊的天公朱庇特创造了白银、青铜等四代人类,但人类的堕落让他失望了。

着在深夜里趁朱庇特睡熟以后暗自杀掉他。吕卡翁的这些伎俩朱庇特早已经看穿了。

在准备晚宴之前，吕卡翁命人杀掉了一个摩罗西亚人送来的人质。他吩咐仆人把四肢从还没有死去的人质身上剁下来，然后放在沸水里煮，其余的部分则放在火上烤。煮好的汤和烤完的肉被端上了餐桌作为款待客人的晚餐。

朱庇特把这一切都看在眼里，坐在餐桌前的他实在忍无可忍，一跃而起。他用雷电棒招来复仇的火焰，把吕卡翁的王宫烧成了灰烬。吕卡翁被这突如其来的景象吓呆了，他惊恐中想到了逃跑，但发出的第一声却是狼的嚎叫，他感觉身上长出了蓬乱的毛，双手情不自禁地放到了地上，变成了两条前腿，吕卡翁变成了一只让人生厌的狼。

朱庇特回到奥林匹斯山后，依然怒气不减。他把众神召集起来，向他们简单地说了一番自己在人间视察的经过，最后他向众神宣布："这代人类已经没有了人性，我打算用雷电把罪恶的人类消灭掉，你们不会反对我的意见吧？"

众神们对天公的这一决定都表示了同意，但他们提醒朱庇特："如果用雷电烧毁这个世界，宇宙的轴会不会受到影响呢？"

天公朱庇特觉得很有道理，于是，他放弃了用这种方法毁掉世界的想法，决定用洪水来灭绝人类。他唤来只能降雨的南风，而把其他能驱散云雨的北风等锁进了埃俄罗斯的岩洞里。南风接到朱庇特的命令后，扇动着湿漉漉的翅膀直扑地面，黑

神人世界
人类的贪婪、凶残造成的人间种种恶行和弊端让下凡尘世察访的朱庇特愤恨不已,他决定毁灭人类。

暗把南风的脸遮住了,胡须则挂满了满天的乌云。南风愤怒地狂吼着,顿时,倾盆大雨从天而降,汹涌的波涛在南风那满头的白发里滚动。隆隆的雷声响彻大地,暴雨淹没了农民一年来的辛勤劳作。

海神尼普顿也来帮助朱庇特,他把所有的河流都召集起来,然后命令他们去冲毁所有的房屋与堤坝。河流们往日的热情一下子全被激活了,冲破缺口,一泻千里,所到之处,所有的一切都不复存在。

面对上天带来的洪灾,人类想尽了一切方法自救,有的人爬到了最高的山上,有的人跳到了小船上,可正当他们觉得自己已经高枕无忧时,巨浪又把他们卷走了,最终还是没有逃脱上天对他们的惩罚。鱼儿在狂暴的洪水当中拼命地游动，森林里的野兽们被波浪追逐着急奔而去，一些幸存下来没有被洪水卷走的人也被活活地饿死了。

在福喀斯有一座帕耳那索斯山，这座山高耸入云，在这次洪水中有两个山峰没有被淹没。丢卡利翁是普罗米修斯的儿子，从父亲那里他事先已经获悉了有关洪水的警告，于是提前造了一艘小船。当洪水肆无忌惮地涌来时，丢卡利翁和妻子皮拉坐上小船驶向了帕耳那索斯。丢卡利翁和皮拉是凡世间最仁慈、最虔诚的两个人。

从天宫向下张望的朱庇特看到大地已经成了一片汪洋，罪

风暴
面对上天带来的洪灾，人类想尽了一切方法自救，但最终还是没有逃脱上天对他们的惩罚。

恶的人们已经消失了，只剩下丢卡利翁和皮拉这对无罪的夫妻。朱庇特平息了心中的怒火，从岩洞里放出了北风，命他去驱散黑压压的浓云。北风牵走了密雾，光明的天空又出现了。尼普顿也命令所有河流都停止了奔腾，大海又有了海岸，树林从深水中露出了树梢，山坡也重新展示了它原有的姿态。世界平静了下来。

　　幸存下来的丢卡利翁望了望妻子，又望了望四周，他叹了口气，除了他和妻子，这个世界上已经没有第三个活着的人，先前的喧哗已经无影无踪，世界犹如一座坟墓，寂静地得让人胆怯。丢卡利翁和皮拉依偎着，夫妻两人泪流满面。

　　丢卡利翁对妻子说："亲爱的，现在世界上只剩下我们两个人了，我们也没有充分的把握能够活下去，哪怕是这一切都过去了，而我们两个人生活在这里又有什么用呢？如果当初我的父亲普罗米修斯能够教会我造人的本领那该多好啊。可现在，我的灵魂却充满了恐惧。"夫妻两抱头痛哭了一阵之后，还是理不出任何头绪来，于是，他们来到了已经被毁掉大半的女神的神坛前，他们双双跪倒，然后向女神虔诚地祷告着："女神啊，请告诉我们怎样才能使这个沉沦的世界充满生机吧。"

　　他们的祷告声刚落，女神的声音就传了出来："快离开我们的圣坛，蒙住你们的头，解开腰带，然后把你们母亲的骸骨扔到你们的身后去。"

　　夫妻二人沉默了一段时间，皮拉打破了沉默："尊贵的神啊,请宽恕我们吧,我们不得不违背你的意愿,我们不能妨碍我们母亲的安宁。"

过了一会儿,丢卡利翁的智慧使他顿然醒悟,他对妻子说:"我明白了女神的意思,大地是我们仁慈的母亲,那石块不就是她的骸骨了吗?女神是叫我们把石块扔到我们的背后去,我们不如试试看。"

皮拉也非常兴奋,她和丈夫一起转过身去,用衣物蒙住头部,松开腰带,然后把石块向身后扔去。顿时,奇迹出现了,坚硬、脆弱的石块变得柔软起来,而且开始膨胀,直到出现了人的模样。石块上粘着的泥土开始长成了身体上的肌肉,人的脉络也开始出现了。更为惊奇的是,丢卡利翁扔出的石块全部变成了男人,而皮拉扔出的石块则全部变成了女人。就这样,新一代的人类又出现了。

美丽的天后朱诺

在罗马人的心中,天后朱诺的形象庄严肃穆:浓密的头发下面是一双亮晶晶的大眼睛,头上戴着象征华贵的冠冕,这使她的脸庞更加俊美。她一手执着权杖,权杖上面栖息着美丽的杜鹃,另一只手拿着象征多产的石榴。天后朱诺有着凡间女子的丰采和气质,戴着头巾,遮着头的后半部,显得那么贞洁、庄重、文静和严肃。

朱诺是萨图恩的女儿,也是天公朱庇特的妹妹。她掌管着婚姻和生育,是妇女和儿童的保护神。

朱诺是天宫里最漂亮的女神,虽然后来的朱诺处处与特洛伊人为敌,但她那时的确温柔可爱,情操高尚。当朱庇特完成了统一天下的大业后,向朱诺表达了自己的爱意。朱诺那时还是个满脸稚气的少女,面对英俊潇洒的朱庇特,羞答答地答应了他的求婚。

随后,朱庇特与朱诺举行了隆重的婚礼。他们把婚礼地址选在了绿树成荫的西特隆山上。西特隆山离奥林匹斯山不是太远,那里有厚厚的植被,有浓密的森林,有清澈的泉水,有漫山遍野的鲜花，和圣山奥林匹斯一样充满了仙气。朱庇特选取了一块软绵绵的草地作为他们的新床，他们被花香包围着，四周的绿树成了他们的床幔，为他们遮蔽羞涩。泉水的叮咚声是他们的婚乐，森林里奔跑的动物为他们送来了美味佳肴。四面八方的各神都来参加天公朱庇特的婚礼，并带来了各样各色的礼物，地神该亚还为孩子们送来了金苹果。新郎朱庇特与新娘朱诺沉浸在幸福之中。

结婚的第二天，朱庇特握着朱诺的手，一朵金色的云彩便把他们送到了奥林匹斯山的宫殿里。朱诺在奥林匹斯山上的众神中，得到了像天公一样的待遇，享受着天公的各种特权和荣誉。比如，她同样能使用雷电棒让天空雷声大作，使狂风暴雨停止于瞬间，使春夏秋冬四季的转变听命于她。朱诺有着漂亮的头发，穿着金光闪闪的纱衣，脚下是眨着眼睛的星星们，多惬意的生活啊！在奥林匹斯山上，美丽的朱诺走到哪里都受到众神的尊重。当她翩翩走入宫殿时，众神纷纷问候，如果天公朱庇特不在，众神也会与天后朱诺商议些天宫里的事情。

虽然天公朱庇特与天后朱诺的生活大多数时候是甜蜜和谐的，但有时也会吵吵闹闹，在他们生活甜蜜和谐的时候，天空就会风和日丽；当他们吵闹的时候，天空就会乌云密布，狂风不止。总之，天空的各种现象都是天公和天后夫妻生活的体现。

但是，无论朱诺怎样对天公朱庇特不满，她都是忠于婚姻的，不过她的嫉妒心很强。天公与天后的争吵大多是因为天后

天后朱诺的雕像

在罗马人的心中,天后朱诺的形象庄严肃穆。雕像天后朱诺有着凡间女子的丰采和气质,戴着头巾,遮着头的后半部,显得那么贞洁、庄重、文静和严肃。

的嫉妒引起的。

朱庇特经常会离开奥林匹斯山下到凡间,去私会一些仙女和半神的女儿,而这时候的天后则会觉得天公抛弃了自己,于是大发雷霆。每次天公从凡间回到奥林匹斯山时,天后都会大哭大闹,甚至也离开奥林匹斯山。

一天,天后朱诺和天公朱庇特大哭大闹之后来到了她第一次和天公约会的地方埃维厄岛。朱庇特通过神力早已经知道了朱诺藏身的地方,但他知道朱诺的脾气,如果硬是把她带回奥林匹斯山,她还会出走的,只有让她心甘情愿地回到天宫,才能保证以后的安宁。经过冥思苦想,朱庇特终于想出了一个使妻子与他和解的计谋。朱庇特来到埃维厄岛,让一个装扮得非常漂亮的木偶坐在一辆五颜六色的车子上,然后在埃维厄岛的各镇宣称天公朱庇特要娶一个双目明亮的仙女做天后,当然,天公的目的是想使天后朱诺的嫉

天后朱诺

天后朱诺是朱庇特的妻子,主管婚姻的女神,她保护孕妇和儿童的权益。她和朱庇特的孩子有火神伏尔甘、战神玛尔斯和青春女神尤文塔斯。

妒心发展到白热化程度。

朱诺听到天公要娶仙女做天后的消息后,果然怒不可遏,她来到衣饰华丽的假天后面前,把假天后的衣服和帽子撕得粉碎,但假天后却没有任何抵抗的行为,朱诺非常奇怪,忙抓下假天后的面纱,这才发现原来只是一个木偶。朱诺明白天公的用意后,破涕而笑,和朱庇特调笑着回到了奥林匹斯圣山。

还有一次,天公朱庇特下凡数日还没有回到天宫,朱诺本想也下凡去找天公理论一番,但她转念一想:我何不用我的美貌使他回到我身边呢?如果老对他发脾气,说不定会适得其反。打定主意,朱诺就如同少女时代一样开始精心地打扮起来,她穿上了一条蓝色的纱裙,腰带上镶着的珠宝金光闪闪,华丽的头巾使她的脸庞更加美丽动人。朱诺来到天公朱庇特栖身的伊达山,她像一颗灿烂的明星发着光彩,天公被妻子的妩媚所折服，当即和朱诺回到了奥林匹斯山。

朱诺的美貌虽然比不上爱神维纳斯，但却是完美女性的典范，她忠贞于爱情，从没有移情别恋过。

由于天后非常美丽，有很多神都被迷得神魂颠倒，伊克西翁就是其中表现得最露骨的一个。伊克西翁与一位仙女要结婚时，曾答应给岳父送一件礼物，但伊克西翁却没有履行他的诺言，而且在一个宴会中把岳父推进火坑烧死了。伊克西翁的残暴行为使得他在原属地再也无法待下去了，于是他来到了奥林匹斯圣山，并表现得格外让众神可怜。天公朱庇特被伊克西翁的假象所迷惑而宽恕了他。在与众神共进晚餐时，伊克西翁双眼色眯眯地盯着天后朱诺，甚至还对朱诺讲一些下流的话。朱庇特看在眼里，把一朵云变成了朱诺的模样，想以此考验伊克西翁，谁知伊克西翁发疯似的朝着假天后扑过去。愤怒的朱庇特把伊克西翁关进了塔耳塔洛斯，把他绑在一个燃烧着的车轮上，以此作为对这个罪神的惩罚。

太阳神福波斯

　　太阳神福波斯的父亲是天公朱庇特,母亲是黑夜的化身拉托那。福波斯的权力很大,他主管着光明、青春、畜牧、医药、诗歌和音乐等,并代表主神宣诏神旨。

　　拉托那在快要生福波斯的时候,被嫉妒心强的天后朱诺变成了一只鹌鹑。为了使拉托那有个栖身之地,朱庇特把阿斯特拉浮岛固定在了海底的岩石上。这个岛被人们称为洛斯岛或光明岛。

　　拉托那来到这个岛上后,看着光秃秃的荒无人烟的小岛,她无精打采地说:"如果能让我的儿子出生在这块土地上,并为他建一座庙宇,这里肯定能成为最富饶的地方。"

　　拉托那的话音刚落,从岛上吹过的微风就回答她:"请不要为此事难过,尊敬的拉托那,你的儿子将出生在这块土地上,但是你必须保证你的儿子永远居住在这里。"

　　在得到拉托那的保证之后,一群白天鹅从天而降,岛上的万物都散发出生机与活力。太阳神福波斯降生了,刚出生的福波斯放射出了万丈金光。在喝完正义女神忒弥斯送来的仙酒

|太阳神与飞马

后,福波斯猛然间长成了一个身材魁梧的英俊少年。本来荒无人烟的岛上突然间变得五彩缤纷,漫山遍野的鲜花散发出诱人的香气。

在帕纳塞斯山的一个山洞里有一条可怕的巨龙,当地人们虽然痛恨这条巨龙,但却拿它无可奈何。当时出生只有十四天的太阳神福波斯决定为民除害。福波斯使用毒烟把巨龙熏出洞来,然后拿起弯弓,用全力射出了正义的一箭,巨龙死了,当地人欢呼雀跃。

帕纳塞斯当地有一个习俗,如果身上沾有污秽的东西,则需要净身洗礼,以消除这些污浊。因为沾染了龙血,福波斯不得不外出流浪。对于太阳神福波斯的下凡还有另一种说法,即福波斯触犯了天宫的法律,被朱庇特罚下凡九年。不管是哪一种说法，对于这段下凡的传说都有记载。

福波斯来到阿德墨托斯国王管辖的土地上，为阿德墨托斯国王放羊牧马，而且在那里一直待了九年，在这九年中，福波斯一边放牧一边唱歌或是弹竖琴，每天都沉浸在快乐与幸福之中。

阿德墨托斯想娶阿尔刻拉斯，但阿尔刻拉斯的父亲珀利阿斯却对阿德墨托斯说："如果你想娶我女儿，那么就去驾车驯服雄狮，如果你驯服不了，你是无论如何也娶不了我女儿的。"

福波斯在帕纳塞斯山上（局部） 意大利 拉斐尔
福波斯最喜欢拉竖琴，图为九位缪斯女神被福波斯琴声感染，围绕在他身边。福波斯还被称为音乐之父。

阿德墨托斯虽然是一国之主，但他对雄狮却无能为力，于是，便向福波斯求救。福波斯也很想为主人做些出人头地的事，他驾车轻而易举地驯服了两只凶恶的狮子，并使雄狮听命于他。阿德墨托斯终于娶到了阿尔刻拉斯。在新婚之夜，福波斯又帮阿德墨托斯杀死了满房间的毒蛇。但是，不幸又降临到了阿德墨托斯身上，他患了不治之症。看着主人在痛苦中挣扎，福波斯向命运女神帕尔卡请求解救的方法。帕尔卡准许可以由阿德墨托斯的父亲、母亲或是妻子做替身。新婚妻子阿尔刻拉斯主动提出替丈夫去死，她的行为感动了众神，众神把阿尔刻拉斯从死神那里救了出来，阿德墨托斯夫妻俩过上了幸福的生活。

太阳神福波斯之所以被人们称为热情之父，是因为他发出的光能使百花争艳，充满朝气，也能使百花凋谢，酷热干旱。当太阳从东方升起的时候，福波斯的整个脸庞都被映得通红。他发出的光像一个金色的齐特拉琴颤动的琴线，给人们带来欢乐和愉悦。关于福波斯被称为音乐之父，还有一段渊源。

福波斯最喜欢弹奏齐特拉琴和竖琴，据说他刚生下来就向母亲要了一把竖琴。

一天，发现吹笛子使脸部变形的智慧女神密涅瓦一气之下将笛子扔掉了。恰巧，这支笛子被林神玛息阿捡到了。玛息阿听过密涅瓦的笛声，曾多次被笛声迷住过，所以他觉得用这支笛子吹出来的乐曲一定也和密涅瓦吹得一样好听，于是，玛息阿扬言要与福波斯比个高低。

古罗马神话故事

福波斯爽快地答应了玛息阿的挑战，并相约：赢的一方有权处置败的一方。比赛请缪斯和弗利基亚国王迈达斯来当评判。最后，福波斯战胜了玛息阿，缪斯公正地作出了判决，而迈达斯则判了玛息阿获胜。胜利后的福波斯把玛息阿绑在了一棵上，活剥了他的皮，而作为对迈达斯的惩罚，福波斯运用神力使他长出了两只驴耳朵。迈达斯为了不让人发现他的两只驴耳朵，命人做了一顶宽大的帽子，然后把整个头都藏在里面。迈达斯的这个秘密只有一个美发师知道，但迈达斯曾警告过那个美发师不要对第三个人说，否则将他处死。美发师把这个秘密憋在心里实在难受，但又不能对外人说，于是，他来到野外，在一个秘密的地方挖了一个洞，趴在地上对洞口大喊了一声："迈达斯国王长了一双驴耳朵。"说完后，又用土掩上那个洞。美发师刚走，那个洞里长出了一株芦苇，风吹过的时候，随风摇曳的芦苇就会发出一阵声音："迈达斯国王长了一双驴耳朵。"结果，弗利基亚国的人们都知道了国王长出了一双驴耳朵。从此，这种做法就成了对做了蠢事的人的惩罚。

由于福波斯主管着诗歌和灵感，诗人和预言家都靠他的启示。在德尔斐太阳神福波斯神庙里，人们求得的神谕非常灵验，所以人们经常从希腊各地到神庙来求福波斯神灵显圣。

太阳神的爱情

福波斯因为射杀了天公朱庇特身边的独眼巨人,朱庇特宣判将太阳神福波斯逐出天宫数日。一天,被逐出天国的福波斯在一条宽阔的河边遇到了一个小男孩,那个小男孩背上长着一对翅膀,手里把玩着一张精小的弓箭。

"我叫丘比特,如果你晚一点儿从天宫出来的话肯定能见到我。"小男孩自报家门,原来他就是小爱神丘比特,维纳斯的儿子。

福波斯还从没见过如此小的男孩和如此小的弓箭,便对丘比特说:"你怎么长这么小啊?你的弓箭也太差劲了吧。为什么不换一张大一点

太阳神福波斯雕像

儿的呢？"一边说，福波斯一边用不屑的眼光看着丘比特。"是吗？也许在你眼里它很差劲吧，但它的威力可是你抵挡不了的，它可是天下最强有力的弓了。"丘比特笑着抚摸他的弓箭，好像怕别人把它抢走似的。

福波斯一直认为自己是除朱庇特以外天下最强有力的神，他不喜听别人说比他强。眼前这男孩竟说他手里那张小弓是天下最好的弓，福波斯不免有些生气。

"还是让你瞧瞧什么才是真正的好弓吧。"福波斯从背后拿下自己那张弓，"这张弓可是威力无比啊，它曾射死吓坏我母亲的大蛇。而你的呢？只适合你那么小的孩子玩耍。"丘比特从福波斯手里接过那些大弓，任凭他怎么拉也拉不开，但他还是笑着对福波斯说："你的弓箭虽然威力无比，但我的弓箭却能征服你。"

福波斯不以为然："你简直是疯了，凭你那么小的弓箭就想征服我？我不躲开，你射吧，它对我不会起到任何作用的。"丘比特停止了笑，拉开自己的小弓，朝福波斯的心脏射了出去。"我没有任何疼痛的感觉，看来我没有说错，你的弓箭真的是一副玩具。"福波斯冷笑着对丘比特说道，然后顺着那条河继续前进。

当福波斯走出不远时，看到了月桂树下有一个苗条、漂亮的姑娘，姑娘叫达夫尼，达夫尼在月光下追逐着动物，垂肩的长发随风飞舞。福波斯被眼前这个有着水汪汪眼睛和白皙手臂的姑娘迷住了，并在心里产生了深切的爱恋。

"怎么回事儿？我可从来没有过这种强烈的感觉。"福波斯在心里默默地问自己，他根本不知道丘比特那一箭正在他身上发生作用。

最后，福波斯向达夫尼表达了爱恋。尽管福波斯是一个非常伟大的神，但达夫尼却拒绝了他，因为丘比特只用金箭射中了福波斯的心，这注定福波斯只能单相思。平日里伟大的太阳神开始变得缠绵，每天都追在达夫尼的身后倾诉衷肠，而每次看到福波斯时，达夫尼都会像天上的浮云一样悄悄跑开。

一天，达夫尼在一片茂密的树林里散步，福波斯又尾随而来。看到福波斯的达夫尼变得慌乱起来，开始狂奔。风撩起达夫尼的衣衫，头发散发出的清香随风飘进了福波斯的鼻子里，福波斯更加狂热了，不由得加快了脚步。达夫尼再也跑不动了，只得停下来。眼看福波斯就到了近前，达夫尼更加害怕起来："我宁可变成一棵树，也不愿让他碰到我。大地啊，请满足我这个愿望吧。"达夫尼刚说完，奇迹出现了，她的两条腿开始变得坚硬，身上出现了一层灰色的树皮，双臂变成了树枝，头发则变成了树叶。达夫尼变成了一棵月桂树。

后来，福波斯为了表示对达夫尼的爱，头上戴上了月桂树花冠，以此来纪念达夫尼。

克吕蒂也是福波斯生命里最重要的女主角之一。克吕蒂是水中仙女，福波斯被她的美丽所折服，爱上了她。两人婚后

福波斯追逐达夫尼

这幅画描绘了太阳神福波斯追求河神佩纳乌斯的女儿达夫尼遭到拒绝的画面。达夫尼为拒绝福波斯而变成月桂树后,福波斯从此戴上月桂树叶编成的花环,以纪念他失去的爱情。

的生活宁静祥和,充满了幸福。但好景不长,福波斯在一次出游时遇到了一个国王的女儿,他觉得那个公主是天底下最年轻漂亮的女人。福波斯很快把克吕蒂忘在了脑后,去追求那个公主。

那个时候,很多和福波斯交往的仙女和凡间女子都被福波斯抛弃过,所以,国王对女儿严加看管,不让她和福波斯有任何来往。而国王的这些防范对强大的太阳神福波斯来说就是小伎俩,福波斯变作公主的母亲,每天都出入公主的房中,并为得到了心爱的女人而沾沾自喜。

而克吕蒂对于这些一无所知,她一直以为福波斯是深爱她的,像自己付出的一样。福波斯很久没有来看她了,克吕蒂开始变得忧心忡忡:"发生了什么事呢?平时他这个时候都应该待在这里啊,怎么好几天没有见到他了呢?难道……"一想到福波斯可能会有了新的宠爱对象,克吕蒂心里就像被针扎了一样。

为了找回丈夫,克吕蒂四处搜寻,最后终于发现了福波斯每天都在与公主私会。

"怎么才能使他再次回到我身边呢?如果能让国王把他的女儿看管得更紧一些应该就没问题了。"于是,克吕蒂去找国王,把公主私会福波斯的事添油加醋地告诉了国王。听完克吕蒂的话,国王非常恼火,自己的女儿竟违反自己的命令做出这样的事,盛怒下,国王把公主活埋了。对于公主的死,福波斯非常伤心,但他所做的只能是把死后的公主变成芬芳的灌木。

从悲伤中恢复过来后,福波斯把报复的目光瞄准了克吕蒂,他痛恨克吕蒂葬送了美丽的公主。作为对克吕蒂的惩罚,福波斯把她变成了向阳花。克吕蒂变成的向阳花对太阳忠贞不屈,整个白天,她都抬头凝望着太阳,随着太阳变化而变化。当太阳落山的时候,她又把花朵合上,直到第二天再次展开。

太阳神之子

太阳神福波斯在人们心目中永远都那么年轻漂亮，他精力充沛，血气方刚。福波斯微微飘起的头发垂在肩上，风采奕奕。他头上通常戴着用月桂树、爱神木、橄榄树的枝叶编成的冠冕，胸前挂着齐特拉琴，那种气质让人顿感钦佩。所以，很多仙女或是国王的女儿都非常喜欢福波斯。

福波斯与俄刻诺斯的女儿克吕墨涅结合后，克吕墨涅为福波斯生了个儿子，取名叫法厄同。法厄同虽然是太阳神的儿子，却只有一半神的血统。

一天，法厄同与另一个跟他年纪差不多的青年发生了争执。"你这个大骗子，太阳神是多么神圣啊，怎么会有你这样的儿子？你一点儿神力都没有，如果你真是太阳神的儿子，把你父亲请来我瞧瞧。"青年脸上的不屑更让法厄同气愤。回到家后，他把这件事告诉了母亲克吕墨涅。母亲也不能拿出有力的证据来让别人认为法厄同是福波斯的儿子，于是打发儿子去找福波斯。

法厄同走进了太阳神庄严的宫殿。太阳神的宫殿镶满了闪闪发光的黄金和璀璨的宝石，华丽的圆柱分布在宫殿的四周。大门是用白银制成的，上面雕刻着花纹和人像，飞檐上嵌着雪白的象牙，好气派啊。福波斯正穿着一身铜色衣服坐在宝座上，两侧站立着文武官员，见儿子走了进来，忙关心地询问。法厄同本想离父亲近些，但父亲宝座上散发出的炙热的光使法厄同无法靠近。

法厄同撅着嘴对福波斯说："尊敬的父亲，你的孩子受到

| 法厄同　法国　居斯塔夫·莫罗　1878—1879年

了很大的委屈,你可要替我做主啊。"说着,法厄同眼里噙满了泪。

福波斯看儿子像是受了莫大的委屈,忙从宝座上走了下来,拉着儿子的手亲切地问道:"我的孩子,你这是怎么了?快和我说说。"

福波斯没问起时,法厄同还只是觉得委屈,听到福波斯如此说,竟痛哭起来,他哽咽着对福波斯说:"我是你的儿子,可大地上的人都嘲笑我是冒充太阳神的儿子。我希望你能为我作证,让大地上的人都知道我是你的儿子,否则他们还会再嘲笑我的。"

听完儿子的话,福波斯哈哈大笑起来,他对法厄同说:"可爱的孩子,原来是这件事让你这么伤心啊。对我来说,这件事真是太简单了。你说你想怎么让大地上的人知道你是我的儿子

太阳神的战车
太阳神福波斯的战车全用金银宝石砌饰而成,显得雄伟威仪,金碧辉煌。

呢？我一定会满足你的要求。"说完，福波斯还向四周看了看他的臣子们，意思是让大家做个证明。

听到父亲这么说，法厄同破涕为笑："父亲大人，你说的是真的吗？那我只要求你把你那辆带翅膀的太阳车让我驾驭一天。可以吗？"

可能没有料到儿子会提出这样的要求，福波斯脸上露出了惊恐的表情。那辆太阳车只有他一人驾驭过，也只有他一人能够站在喷射着火焰的车轴上，而且那几匹拉车的马也是烈性十足。福波斯沉思了一会儿，皱着眉对儿子说："我的孩子，你要知道驾驶这辆车风险是多么地大啊！还没有任何一个神敢有如此的要求。而且你是一个凡人，对你来说这更是一件不可能的事，我允许你再提一个要求，好吗？"

固执的法厄同说什么也不同意父亲的建议："你可是说了的，我有什么要求你都满足我，我只有这一个要求，驾驶太阳车一天，哪怕马上就死掉也心甘情愿。"法厄同沉浸在美好的想象之中。

福波斯看儿子如此执著，想了想，然后对法厄同说："那好吧，不过我得采取一些措施，以防你被太阳车烫伤。"

接着，福波斯带着法厄同来到存放太阳车的房间。刚进那间房间，一道刺眼的强光迎面射来，福波斯用宽大的衣袖在法厄同眼前一晃，太阳车发出的强光顿时消失了。

"哇，好华丽的太阳车啊。"法厄同围着闪闪发光的太阳车笑逐颜开。车轴、车辕和车轮都是金子做成的，车正中的板状物是银制的，闪亮的宝石镶嵌在辔。

"我的孩子，快上车吧。一会儿时光女神赫耳将会为你牵来神马的。"说完，福波斯用圣膏涂满法厄同的全身，把自己戴过的太阳冠戴在法厄同的头上，"去吧，孩子，这样你就可以抵御熊熊燃烧的火焰了。但你要记住，千万不要使用鞭子，要紧紧地抓住缰绳，不要站得太高。你要控制着让马跑得慢些，否则烈焰腾腾，把天空烧焦了。那样你会受到惩罚的。"当时光女神赫耳为太阳车套上喷着火焰的神马后，法厄同兴冲冲地跳上太阳车，抓紧缰绳，驾着几匹神马向前飞奔而去。

拂晓的朝霞被打破了，一轮红日喷薄而出。刚开始，法厄同还感觉到无比的兴奋，但过了一会儿，他从旋风般疾驰的太阳车上往下看，顿时胆战心惊。神马也似乎感觉到了今天驾驶它们的不是福波斯，因而狂奔乱跑，上下翻飞，左右旋转。法厄同哪遇到过这种情况，他没有办法驾驭这些神马，更分不清该向哪个方向跑。看着周围冒火的大地，双腿发酸，惊恐万分。

由于太阳车的急奔，大地受尽了炙烤，森林和庄稼都着起了大火，耕地成了沙漠，城市成了残垣，大地成了一片火海。

再也忍不住火焰烧烤的法厄同终于松开了缰绳，从太阳车上跌落下来，掉进了厄里达诺斯河里。水泉女神那伊阿得斯埋葬了法厄同，法厄同的姐姐赫利阿得斯为失去弟弟哭了四个多月。众神被赫利阿得斯所感动，把她变成了婀娜多姿的白杨树，而她的眼泪变成了晶莹的琥珀。

福波斯和父亲朱庇特一样，处处留情，少不了也留下了很多的子女，其中埃斯科拉庇俄斯和伊翁的故事被广为流传。

埃斯科拉庇俄斯被称为医神，他曾从死神和病魔那里把很多人的生命夺了回来。朱庇特非常嫉妒他，于是用雷电劈死了埃斯科拉庇俄斯。埃斯科拉庇俄斯虽然死了，但人们非常崇拜他，在厄比多尔，人们对他更是无比信仰。病人纷纷到他的神殿里来求它显灵，甚至有些病人睡在那里等待医神在梦中对他们说明如何治疗。

伊翁也是福波斯之子，他出生后不久就四处流浪。母亲克瑞乌萨被福波斯抛弃后与克素托斯结婚，但一直没有生育。经太阳神指点，伊翁与克瑞乌萨相认，一家三口开始了幸福的生活。

福波斯的宫殿
太阳神福波斯的宫殿庄严肃穆，镶满黄金和宝石，大门用白银制成，飞檐上嵌着雪白的象牙，十分气派。图为福波斯威严地坐在宝座上。

海神尼普顿

受古老预言的影响,每当妻子生下一个孩子,萨图恩就把孩子吃掉。后来,妻子用调包的办法使三个儿子免遭其害,留下来的三兄弟即朱庇特、尼普顿和普路托。朱庇特夺取了父亲萨图恩的王位后,把海洋、岛屿和海岸的势力范围交给了尼普顿管,把阴间交给了普路托管,但无论是海神尼普顿还是冥王普路托都必须听命于天公朱庇特。

在人们心中,海神尼普顿是一个强壮有力、虎背熊腰的神,他庄重冷静,不管他裸露还是穿戴整齐的时候,海神特有的风采和气度都会展现得淋漓尽致。

尼普顿住在蓝色海洋的深处,那里有美丽的珊瑚,有五光十色的珍珠贝壳,有奇形各异的植物,游来游去的鱼群给蓝色的海洋增加了不少情趣。尼普顿的宫殿就在这样一个地方,那华丽的气势足以跟奥林匹斯圣山媲美。尼普顿每次外出巡视时,都会穿上金光闪闪的胸甲,海底的各种鱼类紧随其后。当尼普顿出现在一个地方后,那里就会一片欢腾,海豚、鲸鱼等跳出海面,给海神表演拿手的舞蹈。某个海域出现事故时,只要尼

海神尼普顿

尼普顿是仅次于朱庇特的强大掌权者,具有强大的力量。通过他的三叉戟,尼普顿能够兴风雨、平波浪。但是人们却赋予了他头脑简单的人性。

普顿一到,海面上顿时风平浪静,取而代之的是涟涟的浪花,微风轻拂,一片欢笑。

然而,尼普顿也有发脾气的时候。与朱庇特一样,尼普顿发起脾气来也威力十足,最显著的表现就是海面上会狂风大作,海浪掀翻海船,甚至会波及岸边的城市。如果尼普顿非常恼火,他会发动海啸,海岸震动,大陆抽搐。这时候,人们往往拿着海神喜欢的各色祭品,如骏马和公牛等去祭祀海神尼普顿。

一次,伊那科斯与人争夺阿尔戈里德这片土地,当时,伊那科斯的宫殿里缺水,他便派自己的女儿去各地寻找水源。他的一个叫阿美莫纳的女儿在森林里寻找了一天也没有找到水源,又累又渴。走到一棵树下时，阿美莫纳坐了下来，望着茂密的大森林，不由得酣然入睡。也不知过了多长时间，她被什么东西踩了一下，睁开眼睛一看，原来是一只野鹿正从她身边经过。

"多么肥壮的野鹿啊，要是我能射到这只野鹿的话，可以拿回去好好地美餐一顿了。"想到此，阿美莫纳弯弓搭箭，但这一箭并没有射中野鹿，而是射中了睡在灌木丛中的森林之神萨堤罗斯。萨堤罗斯对这突如其来的伤害非常恼怒，开始追赶阿美莫纳。阿美莫纳在逃到海边时，向海神发出了求救。尼普顿出现了，他把三叉戟朝着萨堤罗斯掷去，三叉戟穿过萨堤罗斯的胸口，插进了岸边的一块岩石里。

看着身边被吓着的姑娘，尼普顿爱抚地问道："你在寻找什么呢？你难道不知道这里有多危险吗？"

阿美莫纳很快明白了眼前这个高大威武的人便是海神尼普顿，忙充满敬意地说："尊敬的陛下，谢谢你救了我，我是在寻找给我的国家解渴的水源啊。"

听后，尼普顿一阵大笑："傻孩子，你把我刚才插进岩石里的那三叉戟拔出来就能找到水源了。"

阿美莫纳将信将疑，但她还是按照尼普顿所说的做了，把三叉戟从岩石上拔了出来。顿时，叉子插过的地方出现了三个泉眼，清澈的泉水从泉眼里汹涌而出，淙淙地流向了阿美莫纳所在的那个国家。

又有一天，尼普顿在巡海时看到了一群海洋仙女在纳格索斯岛跳舞，其中一个叫安菲特里特的仙女在一群仙女中长相突出，举止文雅。尼普顿顿时对安菲特里特产生了爱慕之心，但当他向安菲特里特表达爱意之后，安菲特里特有些惊恐，跑到海底藏了起来。尼普顿派了一条海豚去寻找安菲特里特的藏身之处。最后，这只海豚终于找到了安菲特里特，并把她逮住送给了尼普顿。

虽然海神尼普顿的恋爱在一开始时有些一厢情愿，但他还是凭着热烈的爱恋赢得了安菲特里特的芳心。随后，两人举行了隆重的婚礼。婚礼上，奥林匹斯圣山上的诸神都送来了精美的礼物，天公朱庇特也派信使来祝贺海神夫妇。婚后不久，安菲特里特就为尼普顿生下了一个儿子，取名为特里同。特里同的长相并没有像他的父母一样是个人形，他的上身像人的身体，但下身却覆盖了很多藻类，且长了一条鱼尾。据说，这就是传说中美人鱼的祖先。

后来，海神尼普顿因觉得天公朱庇特分封不均产生了反叛心理。当时太阳神福波斯射杀了天公朱庇特身边的独眼巨人，也开始积极地筹划谋反。这时候，天后朱诺因儿子火神伏尔甘受到了朱庇特的惩罚也想谋反。福波斯、朱诺和尼普顿不谋而合，于是商量好叛乱的时间。在叛乱的关键时刻，西天门守神西蒂斯向天公朱庇特告发，叛乱失败了。太阳神福波斯被逐出了天国数年，海神尼普顿被罚到特洛伊筑城墙，天后朱诺则没有受到任何处罚。

智慧女神密涅瓦

密涅瓦被古希腊诗人荷马称为智慧女神。关于密涅瓦的出生有两种说法。

一种说法是，密涅瓦出生在利比亚的妥里通湖畔，三个利比亚女神发现了她，并把她哺育长大。当密涅瓦还是个少女时，在一次玩耍中失手杀死了自己的朋友帕拉斯，为了表示哀悼，她在自己的名字前加上了帕拉斯的名字，然后取道克里特，前往雅典。

另一种说法是，朱庇特与女神墨提斯结合后，命运向朱庇特预示，墨提斯将生下一个权力胜过父亲的孩子。为了防止这种结果的出现，朱庇特在墨提斯生产后即把孩子吞食腹内。可刚吞食完，他便感觉头痛难熬。最后，朱庇特不得不命令火神伏尔甘用斧头把自己的头劈开。脑袋刚被劈开，一个手执长矛的女孩跳了出来，她就是密涅瓦。这个关于密涅瓦是从朱庇特脑中"再生"的故事使密涅瓦具有了高贵的出身。一直以来，这种说法被看作最准确的。由于这种传说，密涅瓦成了力量和智慧的象征。她头上戴着光芒四射的金盔，披着崭新的甲胄，手执闪闪发光的长矛,比战神玛尔斯还要威武,所以,人们也称密涅瓦为女战神。这一称号对她来说一点儿也不为过,在天公朱庇特与提坦神的战斗中,密涅瓦的加入对战斗的胜利起到了不小的作用。

密涅瓦不仅是一个女战神,而且是一个象征和平的女战神。她心地善良,爱憎分明,并不像战神玛尔斯那样只知道一味地屠杀。

一天,密涅瓦看到战场上勇敢的堤丢斯身负重伤,那是一个多么英勇的战士啊,怎么能在战争的关键时刻就战死了呢?于是,密涅瓦向天公朱庇特求援,希望得到能治好堤丢斯的药。当密涅瓦拿着药来到战场上时,看到的堤丢斯像变了一个人:眼里满是复仇的欲火,把敌人砍倒后,用手中的长矛敲打着敌人的头颅,然后疯狂地汲取头颅里的脑浆。多么残暴的堤丢斯啊!密涅瓦改

庄严肃穆的密涅瓦塑像
密涅瓦是智慧女神,也是象征和平的女战神。

变了原来的决定,放弃了救护堤丢斯的想法。

还有一次,海神尼普顿和密涅瓦为争夺阿提克地区的所有权举行了一场比赛,他们约定,谁能给人类赠送最有用的礼物谁就获胜,众神都争着来做这次比赛的裁判。海神尼普顿把三叉戟向岩石上一击,一匹战马出现了;密涅瓦把她的长矛向地上一插,一株郁郁葱葱的橄榄树出现了。经过众神裁判,密涅瓦获胜,因为众神觉得象征和平的橄榄枝要比用于战争的战马

密涅瓦
她是雅典城的保护神。

要有用得多。从那以后，橄榄枝成了和平的象征，也成了智慧女神密涅瓦的象征。

除了英勇善战，充满智慧的密涅瓦还给人类提供了很多项发明。

一天，密涅瓦捡到了一根鹿骨，那根鹿骨已经被磨得相当精致。

"如果把这根鹿骨的中心挖空，然后再钻几个孔，那样不就能吹出像暴风雨的呼啸声了吗？"

这样想着，密涅瓦不禁高兴起来。她找来一把小刀，在鹿骨上细心地挖了几个小孔，磨细，并用了几天把鹿骨的中间挖空。最后，密涅瓦还在这支乐器的一侧系上了一条红丝带，以作为装饰。她给这种乐器取名为"笛子"。

看着自己的杰作，密涅瓦非常满意。她拿着她的笛子回到了奥林匹斯圣山，对每一位遇到的神极力夸奖自己发明的笛子，并在众神聚集的地方进行了吹笛表演。优美的声音从密涅瓦的笛子中飘了出来，地上的流水停了下来，天上的飞鸟驻足在枝头，众神不由得随着笛声开始哼唱。

密涅瓦骄傲地注视着众神，想得到意料之中的嘉许。众神都沉浸在悠扬的笛声中，只有爱神维纳斯和天后朱诺在偷偷地笑个不停。

"你们究竟在笑什么呢？难道我吹的笛声不好听吗？"密涅瓦停止了吹奏，有些怒意地注视着维纳斯和朱诺。

看到密涅瓦那严肃的目光，朱诺对密涅瓦说："你吹出来的笛声的确很动听，但你吹笛子时，你的脸蛋鼓胀，脸上的线条都变了形……你还是去泉边用泉水自己照照看吧。"说完后，朱诺眼角又抑制不住掠过一丝笑意。

密涅瓦来到泉边，把笛子再次放在口里吹奏，然后把脸探到泉边的水面上。

"这是我吗？我怎么会这么丑陋呢？"密涅瓦惊叫起来，朱诺说得没有错，自己的脸在吹笛子时完全变了形。

"笛声再好听，也不能让我美丽的形象受损。"密涅瓦气愤地把笛子扔到了森林深处，从此再也没有吹过笛子。

此外，密涅瓦发明了陶瓷车，使人们能生产出各种陶瓷制品。农夫使用的犁耙和四轮牛车、木工使用的三角尺和直尺也是密涅瓦发明的，她还教会了海员如何绞帆和在船首雕刻头像。所以，众多行业都尊推密涅瓦为保护神。

由于密涅瓦的名字与雅典城市的名字是同源的，所以每年雅典人都要以最隆重的仪式纪念这位女神。

月亮女神的浪漫爱情

狄安娜是天公朱庇特与拉托那的女儿，也是太阳神福波斯的胞生妹妹。哥哥福波斯是给人类带来温暖和灿烂的太阳神，而狄安娜则是在太阳下山后给人类带来光明的月亮神。狄安娜和智慧女神密涅瓦一样终身保持着贞洁。

狄安娜体态苗条，形象高大、美丽。她喜欢在森林原野上驰骋，背着一把弓和一个箭袋，身旁有时会有一头牝鹿或是一条猎狗，好一副狩猎女神的模样。狩猎归来，狄安娜有时会去巴那斯山上找哥哥福波斯，与卡里忒斯和缪斯一起载歌载舞。

皎洁宁静的月夜美得会令人浮想联翩：困乏的动物们在月夜中栖息，植物们也趁机呼吸着新鲜的空气，享受着太阳没有出来之前的甘露。人们呢？在这皎洁的月光底下则会产生甜蜜的温情。有时，狄安娜也会用云彩遮住脸庞去亲吻英俊少年的脸。而被月亮女神亲吻过的人则会具有奇特的想象力，或成为诗人，或成为预言家。

既然具有了生命，就不同于草木，所以，狄安娜虽然希望永葆贞洁，但看到心仪的男子也会动心。一次，狄安娜在一个山洞里发现了一个为了永葆青春而处于睡眠状态的青年。那个青年是一个牧羊人,叫恩底弥翁,在睡眠状态中的他依然保持着俊美的面容,嘴角似乎还挂着一丝欣慰的笑意。狄安娜被恩底弥翁的美貌深深地打动了。她每天夜里都会到那个山洞里静静地盯着恩底弥翁的脸颊和双目看上好一阵子,再甜蜜地在他身旁睡去。

除了爱慕过恩底弥翁外,狄安娜还和一个叫俄里翁的青年热恋过。这个故事还与狄安娜的父亲天公朱庇特有一些关联。

在很久以前,一个农夫和妻子过着贫穷却幸福的日子,但好景不长,妻子还没有来得及为农夫生个一儿半女就去世了。对于妻子的过世,农夫非常伤心,他发誓不再娶妻,但他每天都祷告着上天能赐给他一个孩子,在他孤苦无助的时候,他很希望有个孩子在身边给他一些安慰。

这天,天公朱庇特带着海神尼普顿和儿子墨丘利来到了这个农夫家。农夫是个热情的人,他把客人让进屋里,给客人端上家里最好的食物,把家里唯一一间屋子让给了客人住,自己则去牛棚里睡了一夜。

第二天,客人们要走了,农夫斟上一杯酒,递给了海神尼普顿,尼普顿接过酒杯后又恭恭敬敬地递给了天公朱庇特。

朱庇特喝完酒后,礼貌地对农夫说道:"谢谢你的款待,你是个善良、虔诚的人,我很希望能为你做些事情,不知你有什么希望?"

农夫有些不知所措,尼普顿忙解释说:"你有什么愿望尽管说,你眼前的这位就是万神之王、万灵之父的天公朱庇特,他能为你实现你的希望。"尼普顿指了指朱庇特对农夫说。

听后,农夫忙拜倒在朱庇特面前,更加虔诚地对朱庇特说:"我已经失去了爱妻,也不想再娶,但我希望有个孩子。如果你能帮我实现这个愿望的话,我会把家里唯一的牛作为供品献给你。"

朱庇特考虑了一下,然后对农夫说:"去吧,把那头牛杀掉,然后把它的皮埋在门前的地里。"

农夫遵照朱庇特的吩咐把牛杀了,并把牛皮埋进了门前的

狄安娜与恩底弥翁
狄安娜被恩底弥翁的美貌深深地打动了。她每天夜里都会到那个山洞里静静盯着恩底弥翁的脸颊和双目看上好一阵子,再甜蜜地在他身旁睡去。

古罗马神话故事

地里。当他刚把最后一把土填到坑里以后，奇迹出现了：从埋牛皮的地方长出了一个小孩，而且越长越大，直到长到成年人的模样。当农夫拉着儿子来到屋里想向天公道谢时，朱庇特一行人已经不见了。

农夫给他的这个儿子取名为俄里翁。俄里翁相貌堂堂，心地和父亲一样善良。由于奇特的出生，他的力气要比常人大得多，经常会做出一些别人做不了的事。农夫死后，俄里翁到了月亮女神狄安娜那里，做了月亮女神的仆人。

自从新仆人俄里翁到来后，狄安娜开始魂不守舍。

"多么漂亮的一个年轻人啊！多么强壮的一个猎手啊！如果我能和他在一起生活那该多好，到那时，我会去请求父亲饶恕女儿的不贞。"狄安娜对俄里翁的思念太强烈了，她不顾别人的反对，总是让俄里翁陪着自己，以便能和自己心爱的人朝夕相处。

狄安娜和俄里翁的爱情非常浪漫，他们一起在大草原上追逐猎物，一起在海边嬉戏，一起在漆黑的夜里诉说衷肠。正当狄安娜准备要嫁给俄里翁时，哥哥福波斯表示了强烈的反对。福波斯越是阻止狄安娜对俄里翁的爱，狄安娜越是爱俄里翁。福波斯知道妹妹的脾气，她要是认准的事是没办法改变的，但福波斯不想看着妹妹违背她亲口许下的誓言。可怎么才能使妹妹对俄里翁死心呢？经过苦思冥想，福波斯终于想出了一个办法。

一天，福波斯去找狄安娜一起去海边游泳，两人游得累了，坐在岸边闲谈，只留俄里翁一个人在海里游。

"妹妹,听说你的箭法和我一样好是吗?我怎么不知道呢?我猜想别人肯定是听错了,他们说的应该是密涅瓦吧。"福波斯看着已经游向远方的俄里翁对狄安娜说。

狄安娜最不喜欢别人小瞧她了,自己的箭法的确是不如哥哥福波斯,但总不至于比密涅瓦差吧。狄安娜不服气地答道:"你真的觉得我的箭法那么差吗?那我就证明给你看。"

此时的俄里翁游得很远,已经成了一个小黑点。

"那好啊,你看到那个小黑点了吗?如果你能射中的话,我就服了。"福波斯指着俄里翁在远方变成的小黑点。

狄安娜只顾着和福波斯争辩她的箭法,根本没注意到那个黑点就是俄里翁。她拿过放在一边的弓箭,然后瞄准远方那个小黑点就射了过去。直到听到俄里翁的惨叫声,狄安娜才知道上了福波斯的当,这时候已经来不及了,俄里翁沉入了海底。

对于俄里翁的死,狄安娜痛不欲生,她怎么也无法原谅是自己亲手杀死了心爱的人。朱庇特见女儿日益消瘦,也为女儿对俄里翁的深情所打动,便把俄里翁变成了天上的一颗星星,即猎户座。那是一颗最壮观、最明亮的星座,它像一个身佩腰带和剑的巨人驻守在夜空中,与心爱的月亮又开始了形影不离的日子。

为了惩罚自己杀死俄里翁的过失,狄安娜不再让任何男人看到她,如果有谁不小心看到了她,这个人肯定会变成疯子、傻子,甚至死亡。

凶残的战神玛尔斯

　　玛尔斯被人们称为战神,他通常都被人们描绘成全副武装、血气方刚的年轻人。在很久以前,玛尔斯一直被人们认为是风暴神,他能使天空翻云覆雨,狂风大作,这种场景和激烈的战斗一样使人感到恐惧。

　　关于玛尔斯的由来,一直都有两种说法。一种说法是,战神玛尔斯是天公朱庇特与天后朱诺的儿子;另一种说法是,玛尔斯没有父亲,母亲朱诺对于密涅瓦的出生感到非常嫉妒,于是,气愤之余,朱诺生吞下了一条凶恶无比的毒蛇。谁知,在吞下毒蛇后不久,朱诺就生下了一个脾气比她还要坏的儿子,朱诺给儿子取名为玛尔斯。玛尔斯生性残暴,他喜欢在战场上到处杀戮,凡是他经过的地方,肯定是尸体遍地,鲜血横流。玛尔斯走到哪里,哪里就会充满灾难,所以人们都非常痛恨他,他的野蛮行径更是使奥林匹斯山上的众神感到厌恶。

　　在众神当中,玛尔斯的主要对手就是骁勇善战的密涅瓦,被称为女战神的密涅瓦与残暴的玛尔斯进行了坚决的斗争。在有战神玛尔斯的地方,女战神密涅瓦通常也会出现,维护正义

战神玛尔斯与爱神维纳斯 法国 大卫
凶残的战神尽管为众神厌恶，但对他来说，有维纳斯的爱恋就足以让他满足了。

的密涅瓦与玛尔斯作着面对面的斗争。

世界是公平的，有创造就会有破坏，就像以破坏和杀戮为乐的玛尔斯的情人却是掌管一切动植物繁衍和生长的爱神维纳斯，一环紧扣一环，一味地创造或是一味地破坏都是不能促进世界的发展的。

爱神维纳斯是奥林匹斯圣山上也是人世间最美丽的女人之一，但她的丈夫却是丑陋的火神伏尔甘。对此，玛尔斯非常嫉妒，在维纳斯还没有结婚的时候，玛尔斯也曾追求过她，但却遭到了拒绝。虽然维纳斯已经嫁给了伏尔甘，但玛尔斯想占有维纳斯的贼心仍然未死。他想尽了一切办法去讨好维纳斯，把最珍贵的礼物送给维纳斯，用花言巧语使维纳斯动了心。为了不让自己的丑事被别人发现,玛尔斯每次都趁伏尔甘在作坊里打铁的时候才去和维纳斯约会,而且每次都得保证在太阳神福波斯升到天空之前离开维纳斯的房间。

在每次约会之前,他会带一个叫阿力克提翁的年轻人为他放哨。阿力克提翁的任务是在天亮之前学公鸡啼叫,以向玛尔斯示警。

一天夜里,玛尔斯又神不知鬼不觉地进入了维纳斯的房间,两人在一起缠缠绵绵不舍得分开。这个时候的阿力克提翁虽然还在门外,但早已经困倦地睡着了。当太阳神福波斯睁开眼睛时,阿力克提翁根本就不知道,自然没法儿向玛尔斯通风报信了。太阳神福波斯也早已经对玛尔斯的残暴行径非常气愤,当

战神 法国 德拉克洛瓦
战神玛尔斯英俊、威武、血气方刚,但他性格暴躁又嗜好杀戮,因此不讨奥林匹斯山上众神的喜欢。

他发现玛尔斯竟做出如此丑事时,立即告知了伏尔甘。火神伏尔甘听说自己的妻子正与玛尔斯偷情,自然气得火冒三丈。这个时候的他哪还有心思打铁,他把手里的工具往地上一扔,就去找维纳斯和玛尔斯算账。

走到半路,他又转了回来:"不能这么冲动,这样只有我知道他们的丑事,我得让所有的人都知道这件事,让他们没法儿在这个地方再待下去。"他拿起刚锻打的钢丝,用钢锉和钳子把钢丝做成链环,连成了一个钢丝网。伏尔甘假装一边高声说话一边走进维纳斯的房间。听到伏尔甘回来了,为了掩盖自己的窘态,维纳斯去洗澡,玛尔斯则躲在屋角不敢动弹。趁着这个机会,伏尔甘把钢丝网张开,固定在床脚和天花板上,然后走出了房间。伏尔甘所做的这一切,维纳斯和玛尔斯都没有注意到,他们当时的注意力都在如何遮掩自己的丑事上。

听到伏尔甘走出了房间,玛尔斯大摇大摆地从屋角里走了出来,然后躺在床上等维纳斯。维纳斯洗完澡回到房间后,两人又开始亲热了。这时候,一张钢丝网把他们牢牢地网住了。

伏尔甘从房间外走了进来,狠狠地瞪了维纳斯和玛尔斯一眼,然后打开他所在宫殿的象牙门,召唤着众神来到维纳斯的房间。这一对偷情者承受着众神鄙夷的目光,在众神议论之后,两人终于被放了出来。由于羞愧难当,维纳斯离开奥林匹斯圣山到塞浦路斯岛去了,玛尔斯也去了荒凉的色雷斯地区隐居。而这个事件的配角阿力克提翁,则被玛尔斯变成了一只公鸡。

玛尔斯是个残暴的战神,他的子女也继承了父亲的这一点,如奇克诺斯,他像一个强盗一样,经常在路上拦截行人,稍有不顺就把路人打死。一天,奇克诺斯在路上思量着该向哪个行人行凶。这时候,赫丘利走了过来,奇克诺斯拿起长矛就向赫丘利的铜盾戳去。赫丘利也是久经沙场的英雄,他并没有被这突如其来的袭击吓倒,而是用自己的长矛刺向奇克诺斯。正巧,长矛刺进了奇克诺斯的咽喉,这个被路人诅咒的大强盗当即倒地毙命。

听到儿子被赫丘利刺死,玛尔斯暴跳如雷,连他的眼睛里都冒着愤怒的火花。他来到路上,高举长矛,朝着正在行走的赫丘利刺去。在这个危急时刻,密涅瓦出现了。她把玛尔斯刺向赫丘利的长矛拨开,赫丘利乘机用长剑砍伤了玛尔斯的大腿。玛尔斯战败而回,此时他能做的只是将爱子变成一只白天鹅。

战神玛尔斯好斗成性,所以,啄食尸体的秃鹰、恶狼、好斗的公鸡和恶犬等都是玛尔斯的象征物和供品。

最美丽的爱神维纳斯

无论是在奥林匹斯圣山还是在凡世间,爱神维纳斯都是最美的一个,她是爱与美完美的结合体。作为爱神,维纳斯掌管着人类的爱情、婚姻和生育。此外,她还代表了每年的春天和每天的黎明,所以她还掌管着一切动植物的繁衍和生长。

维纳斯眉清目秀,皮肤白皙,身姿迷人。在人们心目中,维纳斯的形象比其他诸神的形象都要多。最初,她以裸体出现,站在海龟或海螺上面,一种纯朴的美油然而生,这种形象表明她刚从海浪里出来。后来,人们把她的形象做了改变,把全裸的身体改为半裸,美感呼之欲出,尽在人们的想象之中。

维纳斯的这些形象与她的出生有关。据说,维纳斯是从海里波浪的泡沫中产生的。萨图恩把自己父亲乌拉诺斯的肢体投入塞浦路斯海中后,从投入肢体的地方涌出了很多的泡沫,随后,一个美丽的巨大贝壳出现了,周围有很多的小贝壳或是珍珠相伴。巨大的贝壳被海风和波浪推到了岸边,微微颤动后两瓣自然分开,一个长发女孩从贝壳里走了出来,维纳斯诞生了。刚出生的维纳斯像曙光一样洁白无瑕,她赤脚向海滩上走去,走过的地方长出了很多美丽的鲜花。时光女神赫耳早已经在不远处等着刚出生的爱神维纳斯了。赫耳为维纳斯戴上金光闪闪的冠冕、穿上艳丽得体的服饰、系上一条金腰带，美丽的维纳斯更加楚楚动人。她坐上由一对鸽子拉着的车，离开了人间，向奥林匹斯圣山飞去。

看到美貌非凡的维纳斯后，奥林匹斯山上的众神都交口称赞。有着诱人双眸、迷人微笑的维纳斯姿态优雅，举止庄重潇洒，使圣山上的众神为之倾倒。

维纳斯的美无可非议，但也引来了不少嫉妒的目光，其中以美丽著称的天后朱诺和智慧女神密涅瓦为最甚者。天后朱诺、智慧女神密涅瓦和爱神维纳斯因一个象征美的金苹果而大动干戈，最后连天公朱庇特都不好加以判断，只好让伊达山上的一个英俊少年帕里斯来裁决她们三个谁最美。帕里斯本也分不出谁是最美者，但维纳斯答应如果帕里斯把金苹果给她，她会把天下最美的少女海伦嫁给他。最后，帕里斯把象征美丽的金苹果给了维纳斯。朱诺和密涅瓦虽然不服气，但也无话可说。

后来，维纳斯嫁给了火神伏尔甘，伏尔甘又瘸又丑，美丽的维纳斯根本就不喜欢他，只是因为这场婚姻是天公朱庇特亲自赐予的，维纳斯才不得不答应下来。她和火神伏尔甘结婚之后，战神玛尔斯倾慕于她的美丽，多次对她进行引诱，最后两人结合。被火神伏尔甘发现后，维纳斯觉得无颜再在天宫待下去而回到了塞浦路斯。

　　爱神维纳斯不仅征服了奥林匹斯山上的众神,也征服了整个大自然,她走到哪里,哪里就有一片欢声笑语,哪里就会一派欣欣向荣的景象。但春天的时间并不是太长,花儿并不会常开不败,因为维纳斯的养子阿多尼斯正是短暂春天的化身。

　　阿多尼斯是维纳斯回到大地后,从一株参天大树的树干中迸裂出来的。维纳斯担忧养子的生命危险,经常劝说阿多尼斯不要去狩猎,但年轻的阿多尼斯哪里肯听。一天,阿多尼斯去追逐一头野猪,眼看要追上时,野猪猛地回过头来,一口咬中正在向前追赶的阿多尼斯,阿多尼斯当场倒地,鲜血染红了身边的花丛。维纳斯听到养子的呼叫声,急忙向出事地点跑去,慌乱中,不小心被玫瑰刺伤了脚,雪白的白玫瑰刹那间变成了鲜红色。当维纳斯赶到阿多尼斯身边时,养子已经停止了呼吸。悲痛的维纳斯

断臂的维纳斯　法国　米洛
也许正是因不小心"断了臂"才产生出一种"残缺之美",令观者难忘,这尊雕像才有了它无与伦比的价值。

古罗马神话故事

抱着养子的尸体泪如泉涌,她的泪珠掉到地上后,长出了数株银莲花。

阿多尼斯的生命是短暂的,他的美就寄托在花丛中,花儿凋谢即意味着他生命的消失。当然,阿多尼斯的生命是无限期轮回的,当植物在夏日的骄阳中茁壮成长时,阿多尼斯就会获得新生。

小爱神丘比特也是维纳斯的儿子,这是一个长着一对金翅膀的美少年。丘比特喜欢拿着弓箭和火炬乘着飘拂的微风到处游荡,他所到之处,人们会享受到友谊的快乐、温存和乐趣,更会享受到爱情的甜蜜和辛酸。

爱美是人们的天性,所以人们非常崇敬家神兼美神的维纳斯。爱神木、罂粟、石榴、玫瑰、天鹅和鸽子等都是维纳斯的心爱之物。

在罗马,维纳斯的纪念日定在每年的四月,帝国时期的罗马对维纳斯的崇拜尤为流行。恺撒大帝还自称是维纳斯的儿子埃涅阿斯的后裔,尊维纳斯为罗马人的祖先,由此可见维纳斯在罗马人心目中的地位。

丘比特的婚恋故事

　　小爱神丘比特是爱神维纳斯与火神伏尔甘（一说为战神玛尔斯）的儿子，他一生下来就长了一对金色的翅膀，背着一张超小的弓箭四处游荡。可别小瞧了那张弓箭，它的力量可真不小。丘比特射出的箭都是魔箭，如果谁被丘比特的金箭射中，那么他或她就会爱上对方，如果只是一方被射中，那么他或她就只能单相思了。强大的太阳神福波斯，看不起这个体形比自己小百倍的小爱神，但却还是被那张小弓箭所伤，爱上了达夫尼。

　　一天，爱神维纳斯把儿子丘比特叫到身边，气呼呼地对儿子说："某城的一个国王有一个叫普赛克的女儿，听说她长得非常漂亮，当地的人都叫她美神，难道她真的比我还要漂亮吗？你马上去那个地方，用你的聪明让普赛克爱上世界上最卑贱最不幸的人。"丘比特知道母亲嫉妒普赛克的美貌，为了平息母亲的怒气，丘比特朝着那个国家飞去。

　　那个国家的国王有三个女儿，普赛克是最小的一个，也是最漂亮的一个，两个姐姐都嫁给了邻国的国王，唯有普赛克因为长得太漂亮而没有人敢上门提亲。眼看普赛克到了出嫁的年龄，国王显得非常着急，如果公主嫁不出去，那该是一件多么不光彩的事啊！于是，国王去太阳神的神殿里求神卦。按照太阳神福波斯的推算，普赛克应该送到山野里被怪兽吞食掉。

国王对普赛克这个最小的女儿疼爱有加，怎么舍得把她一个人放去山野呢？但神的旨意又不能违背，国王夫妇一边哭一边将普赛克送往高山深崖处。普赛克非常懂事，她知道如果自己再哭哭啼啼的话，父母肯定宁可违背神谕也不会把她放到野外，所以她一路安慰着父母。国王夫妇悲痛欲绝，把普赛克放到山里后，他们一步一回头，洒了一路的泪水才走回了城里。

夜幕很快降临了，四周冷清清的，只有草地里的小动物们在唱着歌陪伴普赛克。一阵寒风吹来，普赛克打了一个冷战，刚才的勇气顿时消失得无影无踪。她轻轻地抽泣着，然后感觉一阵风把她从冰冷的岩石上吹落到柔软的草地上。哭了好长一段时间后，她竟迷迷糊糊地睡着了。

当普赛克醒来时，她看见了一座美丽的宫殿，比父亲的王宫还要漂亮，宫殿前面是一条用宝石铺成的路。普赛克再也禁不住诱惑，向宫殿走去。

"哇，好华丽啊！这么多珠宝，我还从来没有看见过这么多的财富。这儿是哪里呢？"普赛克被眼前的景色惊呆了，正当她想去询问宫殿的主人时，一个悦耳的声音传来：

"亲爱的普赛克，很高兴你能来到这里，以后这里就是你

丘比特制弓　意大利　帕尔米贾尼诺
小爱神丘比特是爱神维纳斯与火神伏尔甘（一说为战神玛尔斯）的儿子，他一生下来就长了一对金色的翅膀，背着一张超小的弓箭四处游荡。

的家了，我就是你的丈夫，你如果答应我永远不再见你的家人，永远不要见我，那么你的家人会一辈子平平安安，你也会永远幸福的。"

普赛克是多么希望生活在这里啊，这里和天堂一样美丽，而且自己虽然见不到丈夫，但他却有着如此悦耳的声音。普赛克不再感到害怕，很快答应了那个声音的要求。

从那以后，普赛克一直生活在那个宫殿里，因为家人和丈夫都生活在幸福之中，她自然也没有烦恼。她很珍惜所度过的每一天，毕竟这些原本都不属于她。

一天，在宫殿外散步的普

赛克听到了一阵哭声。"那哭声不正是自己的姐姐们发出来的吗?"经过仔细分辨,普赛克确信那哭声的确是来自自己的姐姐们,姐姐们的哭声唤起了普赛克对亲人的思念:"我在这里快活地生活着,而亲人们却以为我已死而痛心疾首。我还是告诉他们真相吧,丈夫爱我爱得那么深,他应该不会和我计较这些的,就算他生气了,我也可以耐心地向他解释啊!"想到这里,普赛克忙派仆人把两个姐姐带到这个秘密的宫殿来。

两个姐姐见自己疼爱的小妹妹还活着,高兴地跑过来拥抱

丘比特与普赛克 法国 大卫
普赛克从死亡女神普罗塞尔皮娜那里借来的美色——死亡使她奄奄一息,即将死去,而正是丘比特最后的深情一吻让普赛克重新有了生命,这就是"爱神之吻"。

普赛克,见妹妹在这里有享不尽的荣华富贵,姐姐们都为妹妹高兴。普赛克把自己遭遇的前前后后向两个姐姐说了一遍,并让她们回去后告诉父母不要担心。

最后,两个姐姐问到了普赛克的丈夫,普赛克回答得有些支支吾吾。天马上要黑了,普赛克对两个姐姐说:"虽然我很希望我们姐妹多聚一会儿,但我们该分手了,否则天黑前你们到不了家我会担心的。带一些宝石和首饰回去吧,反正我也用不了这么多。"说完,普赛克去了另一个房间。

两个姐姐虽然很想念妹妹,但当她们看到了普赛克的幸福生活时,马上产生了嫉妒。在看到普赛克谈到自己丈夫那心不在焉的神态时,两个姐姐觉得这里面肯定有问题。趁普赛克出去的机会,两个姐姐想出了一个诡计。

"普赛克,我看你根本没见过你的丈夫,他一定是一个可恶的家伙,说不定是一条巨龙呢。他把你养在这里,等用美餐把你养胖后再吃掉你……你想想当年太阳神的神卦吧。"大姐对返回后的普赛克说道。

看到普赛克真的被吓住了,二姐接着说:"我给你想出了一个办法,你把这盏灯藏在挂毯后面,等你丈夫睡着后你突然把挂毯拿掉,然后拿匕首刺入他的胸膛。"

送走姐姐们后,普赛克举棋不定,她也很想看看自己的丈夫。于是,她按照姐姐们说的办法去做了。出乎她的意料,在挂毯后面,她看到的不是怪物,而是可爱的小爱神丘比特。丘比特狠狠地瞪了普赛克一眼，抓起身边的弓箭。普赛克对自己的做法非常悔恨，看丘比特要飞走，她慌忙抓住丘比特的一只脚，随着丘比特飞入了夜空。没飞出多远，她不小心摔落下来，正好落在了河边。满心失望的普赛克想投河自尽，被好心的牧神潘所救，为了能得到丘比特的宽恕，普赛克决定坚强地活下去，直到找到丘比特的那一天。

当一只多嘴的海鸥把丘比特爱上普赛克的事告诉爱神维纳斯后，维纳斯非常恼火。她把普赛克的姓名和相貌公布于世，宣称谁要是抓到普赛克谁就能得到她的七次亲吻。最后，可怜的普赛克被维纳斯的一个仆人带到了维纳斯的宫殿里。维纳斯想尽了一切办法去折磨普赛克，但每次普赛克都能顺利地完成维纳斯交给她的那些凶多吉少的任务。

维纳斯交给普赛克的最后一个任务是去地狱向普罗塞尔皮娜夫人借一点儿美色，并要她把借来的美色放在一个小盒子里。在经过一座高塔后，普赛克从死神普罗塞尔皮娜那里借来了美色，在最后的时刻，普赛克再也忍不住她的好奇心，打开了那个小盒子，她想看一看借到的美色到底是什么样子，但普罗塞尔皮娜的美色却是死亡。

当普赛克奄奄一息时，小爱神丘比特出现在她的面前。原来在维纳斯把丘比特囚禁起来后，丘比特一直都在思念着普赛克，当看守他的女仆刚打开窗子，他便趁机飞了出来。他终于找到了日夜思念的爱人。看到马上要死去的普赛克，丘比特心

维纳斯的凯旋　法国　布歇

画中的维纳斯娇柔妩媚,横躺在海边的岩石上,海神和海中的仙女们相互嬉戏,小天使们则在天空自由飞翔。

如刀绞。虽然他们是夫妻，但他从来没有吻过自己的妻子，而唯一一次却是在爱妻临死之前。丘比特满眼含泪地俯下身去吻普赛克，奇迹出现了，已渐渐冷去的普赛克的身体又开始变得温热起来，丘比特听到了普赛克的心跳声，普赛克睁开了眼睛，朝着丘比特露出了最美的笑。

丘比特与普赛克在经过千难万险后，终于有了一个幸福结局。他们的夫妻关系得到了天公朱庇特的认可，朱庇特还赐给了普赛克一杯能长生不老的仙酒。维纳斯与普赛克的关系也得到了缓解。众神为丘比特与普赛克举行了一场隆重的婚礼。

冥王普路托的冥界和真理田园

普路托是萨图恩的儿子,也是天公朱庇特的弟弟。当萨图恩的三个儿子在分配领地时,漂着白色泡沫的大海由尼普顿管辖,阴森恐怖的冥界归普路托管辖,但两人都听命于天空的主宰者——朱庇特。

普路托是一位伸张正义的冥王。在人们的心目中,他习惯手里拿着象征丰收的羊角,头上戴着乌木、蕨类植物或水仙制成的冠冕,长发和胡子遮住了他的脸庞,一个公正严明、铁面无私的冥王被体现得淋漓尽致。

生活在冥界的普路托早已经习惯了那种永无天日的日子,他根本不再向往天国的生活。在他的一生中,他只离开过冥界一次,而且只停留了一刹那就又回到了他的王国。

那唯一的一次离开冥界是为了寻找一个女人做他的王后。当他还在天国的时候,就已经对谷物女神色列斯年轻漂亮的女儿戈莱倾慕已久,来到冥界后,长时间的孤单寂寞使他更加思念戈莱;但他心里清楚,如果自己按程序上门提亲,色列斯肯定不会把女儿许配给他,那怎么样才能得到自己心爱的女人呢?

经过一段时间的苦思冥想，普路托终于想出了一个办法，也是唯一的一个办法——抢。

那天，天空万里无云，和煦的春风吹拂着地面，戈莱和她的伙伴们在辽阔的原野上嬉戏着。

"瞧，那里的鲜花是多么漂亮啊！旁边还有一汪清泉呢！我们去摘些吧，可以编成精美的花冠。"戈莱穿着宽大的长裙，赤着脚跑在伙伴们的前面，脸上洋溢着快乐的欢笑。

伙伴们一拥而上，采摘着沾满露水的鲜花，一切都淹没在喧闹声中。在众多伙伴当中，戈莱是最美的，她那灿烂的微笑比盛开的鲜花还要美。突然，眼前的景象使她惊呆了：一株小芽从地上冒了出来，并且迅速成长，转眼间长成了一株香气四溢的水仙花。

阴间之王普路托
普路托手端酒盅，斜卧在床，同他的妻子珀耳塞福涅（农业女神之女）共度美妙的时光。

"好奇妙啊！那株水仙花像是在对着我笑！它好像早就认识我似的。"戈莱被深深吸引住了，情不自禁地伸手去抚摸水仙花的花瓣。这时，奇迹出现了，当她刚触到花，脚下的地面就裂开了一条巨缝，她感到一阵眩晕便失去了知觉。醒来时，她发现自己正躺在一个昏暗的地方，周围充满了阴森之气。"戈莱，请不要害怕，我是普路托啊，不认识我了吗？你现在是在冥界，已经成为我的冥后了，难道你不愿意吗？要知道，我是多么爱你啊！"一个男子出现在戈莱的床前，微笑着看着她。

戈莱自然认识普路托，但怎么也没想到会以这种方式成为他的王后，事已至此，她只能顺应天命，何况她对他并不反感。从那以后戈莱改名为珀耳塞福涅，虽然生活在暗无天日的冥界，也过得相当幸福，只是有时会思念母亲色列斯。

一天，信使墨丘利来到冥界，珀耳塞福涅才知道母亲色列斯为了寻找她，已经疯狂地把大地上的田原烧光，人们辛辛苦苦劳作一年却颗粒无收，很多人都为此四处流浪。墨丘利来冥界就是向普路托说情的，希望能让珀耳塞福涅与母亲团聚。珀耳塞福涅也非常希望能见到母亲，她知道母亲的脾气，如果找不到女儿，她肯定会一直让大地没有谷物可收，到那时，地上的人们会被活活饿死。

普路托并不想让珀耳塞福涅离开冥界，但迫于朱庇特的威严，他还是答应让她每年有一半的时间与母亲在一起，但另外一半时间必须安分地待在冥界。当几近疯狂的色列斯看到女儿

古罗马神话故事

珀耳塞福涅,顿时怒气全消,地上又长出了谷物、鲜花和果树,人类得到了拯救。

此后,冥王普路托就一直没离开过他的宫殿。他的宫殿处于十八层地狱最底层。那里和天宫一样,有很多神,如命运三女神帕尔卡、复仇三女神福里埃等,他们帮助普路托管理着冥界。冥界还有一条看管的恶狗刻耳帕格斯。在冥界,所有案件都要由普路托来审理。普路托有双慧眼,对灵魂在阳间的所有行为一目了然,想隐瞒罪行只会招来更重的惩罚。

冥界的大门从来都是敞开着的。这些死去人的灵魂都是由信使墨丘利负责引到冥界的,恶狗刻耳帕格斯会笑着迎接这些灵魂,但在它的警戒之下,进来的灵魂没有一个能出得去。进入冥界之门,灵魂们面前会出现一条叫阿刻戒的河,污浊的河水咆哮着,波浪卷起了一个个漩涡,即使成了灵魂也会惊吓不已。

渡过阿刻戒河,灵魂们便会来到一处盛开着阿福花的草地上,这里被叫作真理田园。渡过河的灵魂在这里接受审判,犯有罪的灵魂不但会受到复仇三女神的惩罚,还会被分配到塔耳塔洛斯地狱去受刑。那些清白无罪的人的灵魂,则会被送到爱丽舍乐园去。爱丽舍乐园与塔耳塔洛斯地狱有天壤之别:那里是一片宁静的平原,长着各种水果,草地上百花争艳,鸟儿们欢快地在枝头歌唱着。没有纷争,一派祥和,大家都沉浸在幸福之中。

诱拐　意大利　圭多·雷尼
冥后珀耳塞福涅是谷物女神色列斯的爱女,冥王普路托用水仙花迷惑了珀耳塞福涅,把她诱拐入冥府做了自己的王后。

艺术家代达罗斯

代达罗斯是墨提翁的儿子，是厄瑞克透斯的曾孙，也是一位厄瑞克族人。

代达罗斯继承了家族的聪明智慧，成了一位伟大的艺术家，他不仅擅长雕刻，还精通建筑。他雕刻的肖像简直是有生命的造物。在代达罗斯以前，艺术家们雕刻的肖像没有一丝灵气，眼睛是闭着的，双手是与身体连在一起的，而代达罗斯的作品是第一个睁着眼睛的作品，双手与身体分离，显示出各种运动着的姿势。如果把代达罗斯的作品赋予灵魂，那会与真人无异。代达罗斯的艺术作品在世界各地都享有盛誉。

正因为有了至高的荣誉，代达罗斯显得非常自负，他唯恐有一天别人会把他的荣誉抢走。在这种缺

石雕公牛状酒器
对弥诺斯人来说，公牛具有特殊的宗教意义，一般被放置在神庙和宫殿的周围。

点的诱惑下，代达罗斯开始了苦难的行程。

塔罗斯是代达罗斯的侄子，他非常羡慕叔叔的手艺。"如果自己也能雕刻出那么精美的作品该有多好啊！那是多么幸福的一件事啊！"强烈的心理促使塔罗斯向代达罗斯学习。代达罗斯很高兴地收下了这个学生。不久后，代达罗斯发现，这个学生的天赋比自己要高得多。虽然塔罗斯还只是一个孩子，但他已经能在没有老师的指导之下发明很多连代达罗斯都不能发明出的东西，如制陶器用的转盘、最早的车床等。虽然人们还一如既往地尊敬着代达罗斯，但代达罗斯感觉到人们已经把本该对他的尊敬转移到了塔罗斯身上。这一点是最让代达罗斯忍受不了的。

经过强烈的思想斗争，代达罗斯的嫉妒心理还是战胜了理智，当塔罗斯和他一起在雅典的卫城上走过时，代达罗斯把塔罗斯从卫城上推了下去。在埋葬侄子的尸体时，代达罗斯对路过的人们说是在掩埋一条被打死的蛇。但他还是被送上了阿瑞俄帕戈斯法庭，并被判有罪。

在希腊地位的一落千丈使代达罗斯选择了逃跑。他四处流浪，最后到了克里特岛。在那里，他凭着非凡的手艺征服了那个国家的人，并被国王弥诺斯奉为上宾。

在克里特岛有一个牛头人身的怪物，这个怪物保护着国王的地位不受侵犯，但他的食物却是雅典每九年向克瑞忒国王进贡的十四个童男童女。国王命代达罗斯替这个怪物造一所隐蔽的宫殿，接到这个任务后，代达罗斯创造性地建造了一座迷宫，人走进去根本就找不到出路，所以，国王再也不必担心人们怀疑他的王宫里养着一个怪物了。

离乡背井的代达罗斯非常思念自己的故乡，他早已经感到国王弥诺斯对自己的不信任，他之所以还被留在这里是因为他还有利用价值。

"我怎么才能离开这个地方呢？如果我去向国王请求，他肯定不会同意，还会把我看得更紧，可我真的不想再待在这个地方了。"代达罗斯绞尽了脑汁终于想出了自救的办法：如果我逃走的话，弥诺斯肯定会从陆上和海上追捕我，但这个国家还没有能飞行的工具，也就是说，如果我能从空中逃走，他是无论如何也抓不到我的。想到此，代达罗斯开始秘密地制作能飞行的工具。他收集了很多羽毛，把它们按尺寸粘在一起，拦腰捆住，再用蜡封牢，使之看上去像真正的鸟的羽翼。

飞行的工具做好之后，代达罗斯先做了个试验，在确保没有任何毛病之后，他把做好的一个小型的羽翼交给了他唯一的儿子。代达罗斯非常爱儿子伊卡洛斯，他一再地嘱咐儿子要当心："在空中飞行时，你不要飞得太低，也不要飞得太高，太低会掠过海面，羽毛沾水后就会变得沉重，你就会被拉入水中；太高的话，离太阳太近，你的羽毛会受热起火，或是蜡熔化后羽毛脱落，那样你就会掉到地上，所以你只能在半空中飞。"说完，代达罗斯吻了吻儿子。

弥诺斯王宫内景

父子俩都飞上了天空,代达罗斯飞在前,儿子伊卡洛斯在后,他们朝着西西里岛的方向飞去。起初,伊卡洛斯学着父亲的样子飞行得非常顺利,但由于太过自信,年幼的伊卡洛斯忘记了父亲的忠告,离开了父亲滑翔的轨道。由于飞得过高,强烈的光烤化了羽毛上的蜜蜡,羽毛脱落了,伊卡洛斯再也不能在空中飞,一眨眼就落进了浩瀚的大海里。当达罗斯发现儿子不见了,绝望地降落在海岸上时,他看见的只是儿子的尸体。悲痛的代达罗斯掩埋了伊卡洛斯,并把这个岛取名为伊卡里亚。

没有了儿子的代达罗斯从伊卡里亚岛起飞,继续向西西里岛飞去。当他到达西西里岛的时候,同样也给那里的人们带去了惊喜。西西里岛的国王科卡罗斯为了表示对代达罗斯的感激,把他也奉为上宾。在西西里岛，代达罗斯带领那里的人们挖掘了一个人工湖，而且他在一块大岩石上建造了一座城堡，这个城堡的通道只能通过三四个人，易守难攻，所以国王科卡罗斯在这个城堡里藏匿他的珍宝。随后，代达罗斯在西西里岛上又兴建了一个深邃的地洞，利用这个地洞，代达罗斯把地下火生成的热气引了出来，使人们不至于在岩洞里感到湿冷。此外，代达罗斯还扩建了厄律克斯海峡上的爱神维纳斯的神庙，并把一个精心制作的金蜂房放在神庙里，每一个来到神庙的人都以为那是一个真蜂房，由此可见代达罗斯艺术的高超。

当弥诺斯国王得知代达罗斯已经逃到西西里岛时，为了维护自己国王的尊严，他决定亲率大军追捕代达罗斯。弥诺斯带领一只海上舰队来到西西里岛，受到了科卡罗斯隆重热情的接待，科卡罗斯还邀请弥诺斯洗个热水浴以解除旅途的劳顿，并答应弥诺斯把代达罗斯交给他。弥诺斯满心欢喜地坐在浴缸里洗澡时，水温越来越高，最后竟然被煮死在浴缸里。

从此以后，代达罗斯一直生活在西西里岛，他竭尽全力地为岛上的人们服务，培养了许多的艺术家，代达罗斯则成为西西里岛建筑和雕刻艺术的奠基人。因为失去了儿子，他的晚年一直都非常苦闷，直到去世。

底比斯城的故事

当欧罗巴被天公朱庇特带走之后,欧罗巴的父亲——腓尼基国王阿革诺耳对于女儿的走失非常着急,他派儿子卡德摩斯带领其他兄弟四处寻找,要求他们必须找到欧罗巴,否则就别回来。卡德摩斯找遍了他所能找到的每一个角落,但都没有找到被朱庇特骗走的妹妹。卡德摩斯非常了解父亲的脾气,父亲极其疼爱妹妹欧罗巴,如果自己空着手回去的话,肯定不会得到父亲的原谅。

"这可怎么办呢?如果不找回妹妹,回去的话肯定会受到父亲的惩罚,可妹妹到底在哪儿呢?"想到这里,卡德摩斯便去向太阳神福波斯求神谕,他向福波斯描述了自己的处境,并希望福波斯能给他指明自己将来生活在什么地方。

太阳神福波斯表示出对卡德摩斯的同情:"卡德摩斯,我非常同情你的遭遇。欧罗巴的命运是上天决定的,你没有必要再去寻找她了。而你将来生活的地方需要你自己去寻找。离开这里之后,你将遇到一头没有负过轭的小牛,一直跟着它走,当它躺下来休息时,你就在它躺过的地方建立城市,神希望这个城市的名称叫底比斯。"

求得神谕后,卡德摩斯就离开了那个叫卡斯塔利亚圣泉的地方。没走出几步远,卡德摩斯果然看见了一只没有负过轭的牛犊,于是按照神谕跟着这头牛走,一边走一边向太阳神做着祈祷。当这头牛走过刻菲索斯的浅滩后,停在了一处青草地上。牛回头看了看走在它身后的卡德摩斯和他的仆人,哞哞叫了两声后便躺了下去。

"这就是太阳神神谕中属于我的那片土地啊!多么肥沃啊!神啊,你是多么圣明,又是多么值得尊敬啊!"卡德摩斯欣喜若狂,他伏身亲吻着脚下的这块土地。为了表示对天神的感激之情,卡德摩斯命他的仆人去附近汲一些泉水用来举行献礼。

太阳神神庙远眺
太阳神神庙长约 40 米,宽约 16 米,外部朴实无华,内部装饰十分精美,立柱很好地体现了多种建筑风格相结合的特点。

由于对这个地方不熟悉，仆人们走进了附近的一个古老森林里，森林里的林木长得非常茂盛。卡德摩斯的仆人们听到了山泉叮咚的流淌声，忙跑过去寻找山泉汲水。当他们快要靠近山泉时，从附近的山洞里爬出了一条巨龙，这条龙又粗又长，眼睛里喷射着火焰，嘴里露出三排锋利的牙齿，红色的龙冠闪着亮光。巨龙的身体膨胀得有些发紫，里面充满了毒汁，身体经过的地方，青绿的树叶变得枯黄起来。

仆人们被这突如其来的庞大毒物吓傻了。看着眼前这些木然的人，巨龙抬起头朝他们袭来。可怜的腓尼基人基本无力动弹，只能坐以待毙。最后，卡德摩斯的仆人们一部分成了巨龙的腹中之物，一部分沾染上毒汁或吸入了毒气而亡。

卡德摩斯站在牛躺下的地方等待着仆人们拿回水来，好长时间过去了，等待中的卡德摩斯有些焦急，他在脚下放了他的一个信物，然后亲自去找仆人们。他披着一张从狮子身上剥下来的皮，手里拿着一个长矛和标枪，顺着仆人们去的方向，老远就听到了泉水的声音。

"我敢肯定他们正在那个地方汲水，听声音就能断定那里的泉水一定很清澈，天公朱庇特一定会称赞我的虔诚的。"卡德摩斯走进了古老的森林，当泉水的叮咚声越来越近时，一股逼人的寒气向卡德摩斯袭来。紧接着，卡德摩斯看到了那些被巨龙杀死的仆人的尸体。

"我可怜的朋友们啊，我还责怪你们的晚归，原来你们遭到了如此的厄运。是谁杀死你们的呢？我一定会给你们报仇的，否则我宁可一死。"卡德摩斯眼里充满了愤怒的火，他的每一根血管仿佛都要爆裂了。向四周看去，那团眼看要点燃的烈火落到了盘在旁边一棵树上的巨龙身上，巨龙的身体更加臃肿了，头上的鲜血还没有被风吹干，它正贪婪地吐着舌头。

"原来是你杀死了他们，我一定会让你血债血还，或是同归于尽。"卡德摩斯搬起了一块比他身体还大的石头朝着巨龙砸去。如果在平时，这块石头的分量足可以把城墙砸出个窟窿，但被巨石砸中的这条龙安然无恙，它身上的黑皮和鳞片比铁甲还要硬。见巨石根本伤不到毒龙，卡德摩斯投出了标枪，标枪正好刺入了毒龙的脏腑，毒龙回过头来把标枪从身体里拔了出来，但枪头却留在了它的身体里。卡德摩斯见毒龙沉浸在疼痛之中，拿起长矛朝着它的咽喉刺了过去，不偏不倚刺了个正着。毒龙更加愤怒了，身体里的毒液向外喷射着，但卡德摩斯并没有畏惧，举起长矛向毒龙又刺了过去。鉴于上一次的经验，毒龙躲闪着卡德摩斯的长矛，但它却撞到了一棵大树上，伤口进一步迸裂开了，鲜血喷涌而出。卡德摩斯再一次举起了长矛，结束了毒龙的性命。卡德摩斯终于为同伴们报了仇，他望了望已死的毒龙，又看了看死了一地的仆人，正在他不知道该如何是好的时候，穿着一身崭新甲胄的智慧女神密涅瓦从天而降。

"亲爱的卡德摩斯，我是上天派来给你指引道路的。你把这条毒龙的牙埋入地下吧，这会给你带来希望。"卡德摩斯听从智慧女神密涅瓦的旨意,把毒龙的牙掰了下来,用长矛在地上豁了一道长沟,把龙牙撒了下去。刚把沟平上,他就发现埋龙牙的地方动了起来,先冒出了一个枪尖,再冒出了一顶头盔,泥土里出来了一个全副武装的武士。最后,一整队武士出现在了卡德摩斯的面前。

卡德摩斯马上提高了警戒,做好了随时战争的准备。

"请不要拿起你的武器,这是我们的内战,你无须介入。"看到卡德摩斯举起的长矛,一个刚从土里钻出的武士喊道,卡德摩斯将长矛又放了下去。从泥土里又相继冒出来很多武士,他们在卡德摩斯眼前展开了一场毁灭性的斗争。在这场斗争中,活下来的只有五个人,彼此求和。在智慧女神密涅瓦的指引下,这五个人表示愿意听从卡德摩斯的命令。卡德摩斯在这里建立起了一个城邦,并依太阳神福波斯的神谕命名为底比斯。

坦塔罗斯和儿子珀普罗斯

坦塔罗斯是天公朱庇特的儿子,他统治着吕狄亚的西皮罗斯。坦塔罗斯积累了很多的财富,因此奥林匹斯圣山上的众神都十分尊崇他。由于坦塔罗斯的血统高贵,连奥林匹斯圣山上的众神都把他视为亲密的朋友,坦塔罗斯还享有与众神一起进餐的权利。

由于受到了特别的恩赐,坦塔罗斯把自己看得和众神一样尊贵。他本就是个爱慕虚荣的人,在与众神用餐的过程中,他听到了众神有关神灵的谈话。为了炫耀自己的与众不同,他把在奥林匹斯圣山上听到的一切讲给了凡间的朋友们,他甚至从餐桌上偷取仙酒和仙丹。一次,坦塔罗斯偷走了别人送给天公朱庇特的一条金狗,当朱庇特要他归还时,他拒不承认。众神对他的所作所为表示强烈不满,但坦塔罗斯却充耳不闻,反而变本加厉。

一天,坦塔罗斯请奥林匹斯圣山上的众神到他的宫殿里做客。席间,他突发奇想:"难道众神真的是无所不知吗?我从奥林匹斯山上偷回了那么多的圣物,都没有得到惩罚,这些神一定也有他们不知晓的事,我不妨来试探一下。"

于是,坦塔罗斯命人把自己的亲生儿子珀普罗斯杀死,剁成肉块款待众神。坦塔罗斯热情地招呼众神进食,谷物女神色列斯因痛失爱女而夹了块肩胛骨一声不响地吃着,其他的神早已经看出了坦塔罗斯的诡计,他们把所夹的骨头扔进了一个盒子里,命运三女神之一的克罗托把手伸进盒子里,珀普罗斯又复活了,只不过其中的一块肩胛骨是用象牙做成的。

众神实在忍无可忍,把恶贯满盈的坦塔罗斯打入十八层地狱,让他忍受痛苦和折磨。坦塔罗斯被放在一个大池塘中,只露出下巴以上的部分。当他口渴想张嘴喝水的时候,水会立即消失。坦塔罗斯身后的岸边长着茂盛的果树,树上的果实随风摇荡,散发出诱人的香气,可当他抬起手时,一阵狂风会把树枝吹到云端。虽饥肠辘辘,但他只能朝着枝头频频地咽口水。

其实,坦塔罗斯并不用担心他会被渴死或是被饿死,只要他能抵制住水和食物的诱惑。但除此之外,他还得忍受第三种苦刑:头顶上一块巨大的石头用一根丝般的细线悬挂着,随时都有掉下来的可能,所以,他每天都生活在对死亡的恐惧之中。

珀罗普斯是坦塔罗斯的儿子,在被父亲杀死以款待众神之后,他又被众神救活了,所以他十分虔诚地敬奉着众神。当坦塔罗斯被朱庇特打入地狱之后,珀罗普斯由于在对特洛伊王伊罗斯交战中失败而流浪到了希腊。

在希腊的厄利斯,国王俄诺玛俄斯有一个美丽的女儿,名字叫希波达弥亚。转眼间,希波达弥亚已经到了出嫁的年龄,提亲的人纷纷到来,但国王却不允许任何求婚者靠近女儿。因为神早向这个父亲预言:如果女儿结婚,父亲就会死亡。为了阻止女儿的婚事,俄诺玛俄斯想尽了一切办法,最后他宣布:只有能在赛车中胜过他,那个人才可以娶公主。而如果赢不了他,那个人则只有死路一条。

赛车的起点是比萨,俄诺玛俄斯要求求婚者先出发,他给天公朱庇特献祭完后才驾着马车追赶求婚者。

很多年轻人都倾慕希波达弥亚的美貌,他们同样不会相信作为父亲的俄诺玛俄斯会忍心让自己心爱的女儿孤单一辈子,甚至幼稚地认为,年迈的父亲只不过是以这种比赛形式来原谅自己的失败,所以,求婚者接踵而来,珀罗普斯就是其中一个。

每一个求婚者都受到俄诺玛俄斯的热情款待,俄诺玛俄斯还为他们提供漂亮的战车。比赛开始了,俄诺玛俄斯耐心地向天公朱庇特献祭,没有一丝匆忙之感。这一切都完成之后,他才驾着比疾风还快的战马,追赶求婚者的战车,而每次他都能追上求婚者,并把他们挑下战车。求婚者相继被杀死,但来求婚的人还是络绎不绝。

珀罗普斯很早就爱上了希波达弥亚,当他来到厄利斯所在的岛屿时,求婚者的遭遇传到了他的耳中。

"我该怎么办呢?难道退缩吗?我深爱着希波达弥亚,可怎样才能与自己心爱的人在一起呢?"珀罗普斯脑子里一点儿头

奥林匹斯山上的众神

绪也理不出来，于是，他来到了海边，向海神尼普顿祈求："亲爱的神啊，请保佑我在这次比赛中取胜吧。"

他的祈求声刚落，海面上就波动起来，一辆四匹战马拉着战车钻出水面，停在了珀罗普斯的面前。珀罗普斯跳上战车，四匹战马风驰电掣般地向厄利斯跑去。

珀罗普斯来到比萨，俄诺玛俄斯一眼就认出了海神尼普顿的神车，但事已至此，他没有办法收回承诺，而且他依然确信自己的骏马能胜过海神的神马。像往常一样，俄诺玛俄斯献祭完后开始追赶求婚者，迫近珀罗普斯时，俄诺玛俄斯拿起长矛向珀罗普斯刺去。

眼看惨剧又要发生了，突然间，俄诺玛俄斯的战车散了架，由于在意料之外，俄诺玛俄斯被摔得粉身碎骨。珀罗普斯终于到达了目的地。一道闪电过后，国王的宫殿燃起了熊熊大火，珀罗普斯迅速跳上海神的神车，奔向火光冲天的宫殿，救出了未婚妻希波达弥亚。

后来，人们为了纪念珀罗普斯，把他登陆的那个岛命名为伯罗奔尼撒半岛。

梅利埃格和阿塔兰特

在富庶的卡吕冬有个富有的国王俄纽斯，他的妻子阿尔泰亚生下了一个儿子，取名为梅利埃格。梅利埃格长得很可爱，夫妻两个非常高兴。当梅利埃格生出后的第七天，命运三女神出现了。其中一个指着梅利埃格对夫妻二人说："你们的儿子将是一个伟大的人物。"第二个指着炉子里正在燃烧的木炭说："你们的儿子……"最后一个接着说："他的生命将与这块燃着的木炭一起结束。"听了命运三女神的话，阿尔泰亚胆战心惊，她将炉子里的木炭用水浇灭，并精心地藏入了密室里，盼望着儿子能长生不老。

梅利埃格越长越健壮，而且英勇善战，成了父亲俄纽斯的得力助手，夫妻两个也暂时忘记了儿子与木炭息息相关的神谕。

俄纽斯对天上的众神一直都是非常虔诚的，他每年都会把丰收的首批果实祭祀给众神：谷物归谷物女神色列斯，葡萄归酒神巴克科斯……每一个神都获得了他们应有的祭品。但有一年，俄纽斯却忘记了给月亮女神狄安娜祭祀。看到自己的祭坛上没有一粒果实，甚至连一根燃着的熏香都没有，月亮女神狄安娜非常生气,她决定对漠视她的人进行报复。

在狄安娜神力的驱使下,一头巨大的野猪在卡吕冬国境内破坏着这个国家的田地和葡萄园。这头野猪比普通的野猪大上十几倍,颈上的长毛竖立着,嘴里长着一副可怕的獠牙,血红的眼睛里喷射着火花。没有一个牧人敢捕杀这头野猪。卡吕冬国的灾难就这样出现了。

看到卡吕冬的人民遭受野猪的蹂躏,梅利埃格挺身而出,他把卡吕冬国所有的猎人和猎犬都集合起来,准备捕杀这头野猪。在这支狩猎队伍中,有来自阿耳卡狄亚的姑娘阿塔兰特。

阿塔兰特是伊阿索斯的女儿,生下来被丢弃在森林里,由野熊哺乳,后来被一位好心的猎人发现并带回了家。在猎人的抚养下,阿塔兰特喜欢上了狩猎,以神箭手著称。阿塔兰特吃着森林里的野果,喝着山里的清泉,越长越标致,出落得像奥林匹斯圣山上的女神,但她对男人却十分憎恶,拒绝了所有想亲近她的人,甚至射杀了两个肯

意大利罗马市卡拉卡拉洞内的祭祀器皿

古罗马人对众神一直都很虔诚,他们每年都会把丰收的首批果实献祭给众神。

陶洛斯人。

阿塔兰特像所有的男猎手一样搜寻着野猪的踪影,她高挽发髻,肩上搭着象牙色的箭袋,左手执弓,显示出无比英勇的神采。

当美丽的阿塔兰特出现在梅利埃格眼前时,梅利埃格的眼睛里尽是爱慕的光芒,他直勾勾地盯着这位姑娘:"瞧,她简直是一位风流倜傥的美男子,要是能够娶到这么漂亮的女子做我的妻子那该是多么幸福的事啊!"但危险的处境不得不把梅利埃格拉回到现实中来,野猪正进一步破坏着这个国家,一刻也不能耽搁了。

猎人们来到了一片古老的森林里,在那里布置了天罗地网,然后开始寻找野猪的足迹。猎犬带着大家来到了峡谷旁,那里长满了浓密的灌木。猎犬站在灌木丛边不再走动,朝着里面狂叫着。大家会意,野猪就藏在这里面,于是做好了应战的准备。

在犬吠声中,野猪从巢穴里如闪电一般窜了出来。猎人们将手里的长矛向野猪刺去。野猪看到正面人多势众,避开正面朝侧面冲去。猎人们把手里的长矛向野猪投去,野猪体形巨大,皮又厚又硬,再加上行动迅速,长矛只擦伤了野猪的皮。被激怒的野猪转头扑向了三个正朝它奔来的猎人,这三个人倒下了。其余的猎人惊慌起来,盲目地投着长矛,但没有一个投中的,野猪朝丛林中逃去。

这时,阿塔兰特镇静地弯弓搭箭,野猪一声嚎叫,梅利埃格第一个发现野猪的颈部中了一箭,他欢呼着:"瞧啊,野猪颈上的长毛已经被血染红了,多勇敢的阿塔兰特啊,我们的神箭手。我们一定能战胜这头野猪。"但这头野猪毕竟被赋予了灵性,带着箭伤的它更加狂野,暴躁地东奔西窜,猎人们的长矛还是没有刺中它。

梅利埃格把自己的长矛也朝着野猪刺去,第一次刺空了,第二次刺入了野猪的背,野猪疼痛难忍,鲜血洒了一地,它奔跑的速度也慢了下来。梅利埃格对着野猪的脖子又是一下,猎人们的长矛也从四面刺来,野猪终于倒下不动了。

梅利埃格把野猪的头踩在脚下,剥下了它的皮,拔下它的獠牙,然后连着猪头一起捧到了阿塔兰特面前:"勇敢的阿塔兰特,请收下这些战利品吧,如果没有你,我们是不能制止这场灾难的。"

把这样的光荣都归于一个女人,猎人们都非常气愤,梅利埃格的几个舅舅更是怒气冲天,他们来到阿塔兰特面前,从她手里夺走这些战利品:"这些功劳是属于我们的,你休想把这些荣誉带走。"正当他们回转身的时候,失去理智的梅利埃格已把长矛刺入了他们的胸膛。

野猪被杀死的消息最先传到了王宫里,梅利埃格的母亲阿尔泰亚为儿子的胜利而感到高兴,她正准备去神庙进行祭祀,却看到她兄弟们的尸体被抬了回来,当得知是自己的儿子杀了自己的兄弟时,阿尔泰亚悲痛地捶打着胸口。当眼泪流干后,她的眼里闪出了一道光,嘴角露出了一丝冷笑。她从密室里拿出和儿子的命息息相关的木炭，端详了好长时间，然后，把木炭决然地扔入了炉火中："复仇的女神啊，我为你献上了祭品。我的兄弟们，为了你们，我的一颗母亲的心破碎了，我夺走了我儿子的命，不久以后，我也会跟着你们而去的。"

当木炭在熊熊的炉火中燃烧的时候，梅利埃格正与众猎手抬着野猪的尸体走在回城的途中，忽然有一种心如火烧的感觉，且这种感觉越来越强烈，最后，他滚倒在地，同伴们围着他不知所措。慢慢地，梅利埃格的痛苦消失了，如同炉火中的木炭只剩下灰烬一样，他的灵魂离开了他的身体，而他的母亲则缢死在炉火堆旁。

阿塔兰特与米拉尼翁
在这幅优美的画中，阿塔兰特俯身拾取极富魔力的金苹果，美少年米拉尼翁迅速扔下第二个金苹果并赶上阿塔兰特。

英雄柏勒洛丰

西绪福斯是埃俄罗斯的儿子,是一个无比奸诈的人。在那个时候,国家的交界处通常都是无人看管的地方,一片荒芜。西绪福斯在两个国家之间建造了一座美丽的城市——科任托斯,并当起了这里的国王。从此以后,他的生活更加荒淫,对这里的人们进行欺诈与残害。为了惩罚西绪福斯,天公朱庇特把他打入地狱,他每天都要把一块巨大的岩石从平地搬到山顶上去,当到达山顶时,岩石又会从山顶滑落到平地上,第二天,西绪福斯不得不继续他的搬运。

柏勒洛丰是西绪福斯的孙子,也是科任托斯的国王,因为误杀了一个仆人逃到了提任斯地区。提任斯的国王普洛托斯非常喜欢这个憨厚青年,他不仅赦免了柏勒洛丰的罪行,而且对这个年轻人进行了热情的款待。

普洛托斯的妻子安忒亚是个放荡的女人,她被柏勒洛丰所打动:"仁慈的上天赐予了这个年轻人美丽的仪表,如果这个英俊魁梧的年轻人能成为我的情人那该多好啊!"于是,安忒亚想尽了各种办法去引诱柏勒洛丰。但她不知道,上天在赋予柏勒洛丰美丽仪表的同时，还赋予了他高尚的美德。对于安忒亚的引诱，柏勒洛丰以十分冷淡的态度回绝了。

安忒亚见引诱柏勒洛丰不成，恼羞成怒，于是向国王普洛托斯编了一个狠毒的谎言："亲爱的，瞧你的贵宾柏勒洛丰啊，他竟然引诱我去背叛你，你应该将他处死，否则他还会对我进行非礼的。"

听了安忒亚的话，普洛托斯虽然非常气愤，但他还是不忍心杀死这个他曾十分赏识的年轻人。最后，普洛托斯决定把柏勒洛丰派到吕喀亚他岳父伊俄巴忒斯那里去，并让柏勒洛丰带去一封书信。柏勒洛丰不明就里，高兴地上路了。由于他的善良，全能的神一路上都保护着他。

伊俄巴忒斯是一个英明慈爱的国王，他依照古老的礼节迎接远方来的客人，给予了这位年轻人最盛情的款待。从柏勒洛丰堂堂的相貌和高尚的举止中，伊俄巴忒斯看出了这位小伙子并非普通人，所以他没有询问柏勒洛丰从哪里来，直到第十天才问起客人的姓名和来此的目的。

西绪福斯的工作

"西绪福斯的工作"是重复、繁重、永无休止的象征。在希腊和罗马神话中，神不是永恒，而苦难与惩罚则是永恒的，如被缚的普罗米修斯、顶天空的阿特拉斯、推石头的西绪福斯以及虚荣的坦塔罗斯，他们永远伴随着苦难与惩罚。

"亲爱的陛下，我是普洛托斯国王的朋友，是他命我来这里的，这里还有他的一封书信。"说着，柏勒洛丰把普洛托斯国王密封的书信递给了伊俄巴忒斯。

伊俄巴忒斯看完书信后才明白女婿派这个小伙子来此的目的，他非常惶恐："多么可爱的一个年轻人啊，我怎么忍心杀害他呢？何况我已经喜欢上他了。可我该怎么办呢？"思量了好长一段时间，伊俄巴忒斯还是拿不定主意。

"我的朋友在书信里说了些什么呢？你很难为此作出决定吗？如果有什么需要你尽管说，我希望能帮上你的忙。"柏勒洛丰诚恳地对伊俄巴忒斯说。

这位老国王早看出了柏勒洛丰的真诚，他笑笑说："哦，他只是在信里问候了几句，没有什么重要的事。小伙子，看得出，你很勇敢，如果你能做出一些让众人刮目相看的事，我相信，你一定能成为这个时代的英雄。"伊俄忒斯说着违心的话，只有这样，他才不至于亲手杀掉这个年轻人。而柏勒洛丰竟然对伊俄忒斯的这一建议表示赞同。

"真是太感谢你能这么想。在吕喀亚有一个怪物喀迈拉，它的上半身像狮子，下半身像恶龙，中间的部分却像山羊，口里会喷射火焰，那是一个多么可怕的妖魔啊！如果你能把它降服，吕喀亚的人民都会感谢你的。"伊俄巴忒斯引导着柏勒洛丰。

勇敢的小伙子接受了老国王的命令，但他却不知道该如何去捕杀喀迈拉。奥林匹斯圣山上的众神同情柏勒洛丰的遭遇，把海神尼普顿与默杜萨所生的儿子珀伽索斯——一匹带有翅膀的神马派到了柏勒洛丰的身边。但没有凡人驾驭过这匹非常狂野的神马，柏勒洛丰忙碌了好一阵子都没有将它驯服，就迷迷糊糊地睡着了。

"快醒醒，你怎么能睡着呢？你拿着这副辔头，然后去向海神尼普顿献祭一头公牛，此后这匹神马就能听你使唤了。"睡梦中，柏勒洛丰听到了智慧女神密涅瓦的话，她还把一副华丽的金辔头交到他手里。醒来后，他惊奇地发现手里真的有一副金光闪闪的辔头。

柏勒洛丰忙找到预言家波吕德斯，把刚才所发生的一切都对这个预言家说了。波吕德斯让柏勒洛丰照着梦里的情形去做。柏勒洛丰祭拜完海神，又给智慧女神修建了一座圣坛，当这些事都做完以后，珀伽索斯被驯服了。珀伽索斯头上戴着金辔头，腾空而起，马背上的柏勒洛丰轻而易举地射死了怪物喀迈拉。

看到柏勒洛丰毫发无损地回来了，伊俄巴忒斯感到非常吃惊，随即他又命令柏勒洛丰去攻打英勇善战的索吕默人，柏勒洛丰竟凯旋。在与亚马孙人的作战中，柏勒洛丰也渡过了许多难关。最后，伊俄巴忒斯只好选拔了一批精壮的武士狙击柏勒洛丰，只可惜这批武士没有一个生还。这时候，伊俄巴忒斯完全打消了加害柏勒洛丰的念头，也不再相信这位年轻人是

飞马珀伽索斯雕塑
海神的宝马珀伽索斯后来成为罗马人心目中为荣誉而奋发的象征物。

一个罪人,他应该是神的宠儿才对。伊俄巴忒斯把柏勒洛丰留在王宫里,把自己的女儿菲罗诺厄嫁给他,一家人享受着天伦之乐。

菲罗诺厄为柏勒洛丰生了两个儿子、一个女儿。大儿子伊桑特洛在与索吕默人的交战中阵亡,女儿拉俄达弥亚与天公朱庇特生下了萨耳珀冬后,被月亮女神狄安娜射杀,只有小儿子希波洛库斯享受到了年老的快乐。

柏勒洛丰因为拥有了长着翅膀的神马日渐骄傲起来,他甚至想骑着神马去奥林匹斯圣山参加众神举行的会议。神马不愿再听他的指挥,又一次腾空而起,把他丢在了一个陌生的地方。柏勒洛丰也羞于见人,在没有人烟的荒山野岭度过了他的晚年。

引起战争的金苹果

一天,天公朱庇特在奥林匹斯圣山举行盛宴。所有的神都被邀请出席,除了一位叫厄里斯的女神。

厄里斯是不和女神,执掌着恶作剧和矛盾,她走到哪里,哪里就会失去太平,变得天无宁日。厄里斯经常耍一些手段使众神不和,深得众神的厌恶。最后,朱庇特只得将她下放人间改造,但厄里斯不知悔改,在人间四处游荡,频繁地制造战争。

虽然厄里斯被罚下凡,但她的神力并没有减弱,当她听到奥林匹斯圣上传来的欢笑声后,咬牙切齿地自言自语道:"看来这些神早忘了我的存在了。哼,等着瞧吧,我会让你们后悔的。"厄里斯发出一阵冷笑,想出了一个恶毒的主意。

这时的奥林匹斯山正觥筹交错。席间,众神一边痛饮一边看太阳神福波斯的竖琴演奏,一边看缪斯在空场上翩翩起舞。正当大家都有些醉意的时候,一声尖叫声吸引了众神的目光。大家纷纷朝着发声源看去,原来是爱神维纳斯和智慧女神密涅瓦正惊慌地大喊着。维纳斯和密涅瓦的目光正紧张地望着天后朱诺,而此时的朱诺正拿着一个金光闪闪的苹果。这个金苹果正是维纳斯与密涅瓦惊叫的理由,这个金苹果上写着几个同样金光闪闪的大字:"献给最美丽的女神"。

"这是有人送我的礼物啊。"天后朱诺紧握着金苹果骄傲地说道。

"是吗?你是不是忘了我也在场啊,若没有我,这个金苹果可以属于你。可惜我每次都会在你面前。"维纳斯趾高气扬地对朱诺说,伸手就要去抢金苹果。

智慧女神密涅瓦也不示弱:"你们都错了,我才是最美丽的,你们这些愚蠢的家伙,有哪一个比得上我的聪明才智呢?"

"可这个金苹果是送给最美的女神的,难道不是我吗?"维纳斯扭过头来反问密涅瓦。

众神都围观过来,看着这三位女神为了这个金苹果而相互争辩。三人各不相让,越吵越激烈。在争辩不下的情况下,三人要朱庇特为她们作出公正的判决。

朱庇特也不好对此加以评判,他本来觉得爱神维纳斯最美丽,但他又不想得罪妻子和密涅瓦。朱庇特看了看海神尼普顿,希望弟弟能帮自己拿个主意,但尼普顿假装没看见哥哥的示意。因为他也比较为难,他虽然也觉得维纳斯是最美的,但天后朱诺是他的姐姐,姐姐的脾气他是知道的,他可不想因这种事而惹恼天后。朱庇特拧紧了眉头,支吾了半天也没有说出个所以然来。

众神议论纷纷,以他们自己的标准评判着谁是最美的女神,有支持朱诺的，有支持维纳斯的，也有支持密涅瓦的。但他们清楚，金苹果只有一个。

"我看这样吧，让我一时挑出你们谁最美的确很难，在我眼里，你们都是最美的女神。如果让人类作评判，那才是最公正的。在伊达山有一个英俊的牧羊人，叫帕里斯，我相信他的眼光，就让他作你们的公证人吧。"朱庇特最后说。

三位女神都坚信自己最美，所以停止了争吵，在墨丘利的陪同下来到了伊达山。"亲爱的帕里斯，你是最英俊公正的人，请你为这三位女神作个公证吧。这里有一个金苹果，如果你认为哪位女神最美你就把它交给谁。"墨丘利向帕里斯解释说。帕里斯在朱诺、密涅瓦和维纳斯之间来回走动，他每个女神都端详了好长时间，可就是不知该把金苹果给谁。他觉得三位女神都是世界上最美的人，实在难以取舍。

三位女神也非常急躁，她们急切地想知道到底自己是不是最漂亮的女神。

朱诺走近帕里斯，高贵的气质使人一看就会动心，她对帕里斯说："我是天后，如果你把金苹果给了我，我会让你成为全世界的国王。"

密涅瓦也不甘示弱，对帕里斯进行利诱："我可是宇宙间最聪明的神，你要是认为我最美丽的话，我会让你成为天下最聪明的人。"

维纳斯甩了甩头发，温柔地说："亲爱的帕里斯，你是世

古罗马神话故事

界上最英俊的人,我相信你的眼睛是雪亮的。我是爱神,我不能给你权力,也不能给你智慧,但我能把天下最美丽的海伦嫁给你。"

帕里斯是一个与世无争的人,他并不喜欢权力,更不喜欢智慧,但他希望与天下最漂亮的女人结为夫妻。

在心里有数后,他又在三位女神面前转了好久,当走到维纳斯眼前时,他把金苹果给了她。朱诺和密涅瓦虽然不服气,但金苹果只有一个,不可能再夺回来,二人只能悻悻离去。这场纷争到此结束,制造这一事端的不和女神得意地大笑起来。

维纳斯得到金苹果后,决定实践自己的诺言。她让帕里斯漂洋过海,到希腊去做客。斯巴达王墨涅拉俄斯殷勤地接待了他。可帕里斯回家时,却将墨涅拉俄斯的妻子——美丽非凡的海伦拐骗走了。当年海伦在选择夫婿时,所有的求婚者曾经一致立下誓言,不管能否成为海伦的丈夫,在今后的日子里,只要海伦遇到危难,都要竭尽全力保护她。现在海伦被拐,墨涅拉俄斯便向希腊各地的英雄(他们过去都曾向海伦求过婚)发出呼吁,请求他们出兵给予支援,夺回海伦,并给帕里斯最严厉的惩罚。

就这样,不和女神厄里斯利用一个金苹果引发了一场旷日持久的特洛伊战争。

帕里斯的审判 德国 老卢卡斯·克拉纳赫
帕里斯不会想到自己轻率的一个判决给祖国特洛伊带来了亡国的浩劫,而自己也未终生拥有海伦——这个世界上最美的女人。

特洛伊城的由来

在爱琴海上有一个名叫萨摩特拉刻的小岛，岛上住着兄弟两人，哥哥伊阿西翁和弟弟达耳达诺斯。他们是天公朱庇特和普勒阿得斯七姐妹之一的厄勒克特拉的儿子。普勒阿得斯七姐妹是阿特拉斯和仙女普勒俄涅的女儿，在猎人俄里翁的围追之下，七姐妹逃亡了五年，最后朱庇特把她们安置在天上，作了七颗闪亮的星星。因自恃是神的儿子，伊阿西翁竟然热情地追求奥林匹斯山上的谷物女神色列斯。为了惩罚伊阿西翁的胆大妄为，朱庇特用雷电劈死了他。达耳达诺斯对哥哥的死十分悲伤，于是，他离开了萨摩特拉刻岛，穿过亚细亚，到达了密西亚海湾。密西亚海湾是莫伊斯河和斯康曼特尔河的入海口，久而久之形成了一个平原，这里住着土著人克里特人，这个地区的牧民也被称为特拉人。

透克洛斯是这个地区的统治者，他非常热情地接待了这位远方来的客人，把一块肥沃的土地赠给了达耳达诺斯，还把自己的女儿嫁他为妻。达耳达诺斯在这块土地上建立了一块居民地，把分散的居民都迁到了这块居民地上。当时，这块居民地

| 战前的特洛伊城

以他的名字命名,叫作达耳达尼亚,居住在这个地区的人遂改叫达耳达尼亚人。后来,人们又把达耳达诺斯孙子特洛斯的名字改为特洛阿斯,它的主要居住地则叫特洛依。现在,人们把达耳达尼亚人也称为特洛伊人或特洛埃人。

　　王位传到达耳达诺斯孙子特洛斯后,他的继承人是他的大儿子伊罗斯。一次,伊罗斯到邻国弗里吉亚访问。当时,弗里吉亚国内正在进行一场赛事,伊罗斯也被邀请参加。勇敢的伊罗斯在这场竞赛中获胜,作为胜利的奖品,伊罗斯得到了五十名男人、五十名女人,还有一条带有花斑的母牛。当伊罗斯要离开时，国王给他讲了一个神谕：跟着这头花斑母牛走，在它躺下休息的地方建立一座城堡。

伊罗斯遵照弗里吉亚国王的吩咐，跟在母牛的后面。进入自己的国家特洛伊后，母牛在一块空地上停了下来，它回头看了看伊罗斯，便躺下来休息。伊罗斯亲吻着脚下的这片土地，心情激动万分，这就是神赐给他的土地啊。于是，伊罗斯决定在那块地方建立一座城市，取名伊利昂，有时也被称为伊利阿斯。这就是特洛伊有众多名称的原因。

在建城之前，伊罗斯对天公朱庇特进行了献祭，请求朱庇特降下神旨，看众神是否同意他建立城堡。第二天，伊罗斯在住所门前捡到了一幅智慧女神密涅瓦的圣像，圣像足有六尺高，两脚靠拢，右手执一根长矛，左手拿着纺锤。其实，这并不是真正的密涅瓦的像，而是密涅瓦的朋友帕拉斯的像。密涅瓦误杀了好朋友帕拉斯，所以画了这幅画加以纪念。

朱庇特征得了女儿密涅瓦的同意，把这幅圣像降落到伊利昂境内，表示伊利昂将得到智慧女神密涅瓦的佑护。得到神佑护的特洛伊日渐兴盛，管辖范围也不断地向外扩展着。

伊罗斯死后，他的儿子拉俄墨冬执政。拉俄墨冬是一个生性狡猾的人，也是一个凶恶、残暴的人。他刚一继位，就打算把特洛依城封闭起来，在城的周围修建城墙，以加强他的统治地位。

那个时候，海神尼普顿和太阳神福波斯由于冒犯了朱庇特被赶出了天庭。当朱庇特看出拉俄墨冬的意愿后,便派福波斯和尼普顿帮助拉俄墨冬修建特洛伊城。在城墙刚修建时,海神和太阳神就与国王拉俄墨冬达成了协议,协议的内容包括所支付的报酬。二神与国王签订协议的期限是一年。

尼普顿直接参加了城墙的修建。在他的带领下,一道坚不可摧、高大威严的城墙拔地而起,特洛伊人民对此赞不绝口。太阳神福波斯则在爱达山区为国王放牧。

拉俄墨冬非常欣赏这道固若金汤的城墙,但却拒绝支付报酬,还下令将尼普顿和福波斯赶出特洛伊。二神气愤地离开了,他们发誓与拉俄墨冬不共戴天。连智慧女神密涅瓦也对拉俄墨冬的欺骗行为极为不满,不再佑护特洛伊。天公朱庇特对众神的这一行为也给予了默许,刚建好的高大城墙连同它的人民都被神诅咒着,特洛伊的毁灭在这时就已经萌芽了。

帕里斯和海伦

在拉俄墨冬之后,普里阿摩斯继承了特洛伊的王位。普里阿摩斯第一个妻子死后,又迎娶了弗里吉亚国王底玛的女儿赫卡柏。赫卡柏为普里阿摩斯生下的第一个孩子叫赫克托耳。在生第二个孩子时,赫卡柏做了一个可怕的梦,梦到自己生下了一支火炬,它把特洛伊城烧成了一片火海。当她把这个噩梦告诉丈夫时,丈夫也惶恐不安起来。最后,夫妻两个决定把这个可能给特洛依带来灾难的儿子丢到荒山里。

当仆人把孩子丢弃在深山里后,一只母熊哺乳了这个婴儿。过了几天,一个牧羊人发现了这个孩子,便把他抱回家抚养,取名帕里斯。

长大后的帕里斯英俊健壮,他和养父一样以放牧为生。偶然的一次,天公朱庇特让他做天后朱诺、智慧女神密涅瓦和爱神维纳斯的公证人,评判出谁是最美的神。帕里斯选择了爱神维纳斯,因为维纳斯给他的承诺是:把世界上最美丽的女人海伦嫁给他。但爱神对他许下的心愿一直没有得到实现。

一次偶然的机会,帕里斯被他的姐姐卡珊德拉认出,从此他便留在了皇宫里,并与俄诺涅结婚。爱神的承诺已经在帕里斯心里播下了爱情的种子,他对海伦朝思暮想,最后竟决定去海伦的故乡。正好此时,普里阿摩斯希望能把被赫丘利掠走的姐姐赫西俄涅接回来,便派帕里斯率领一支强大的舰队去希腊,如果对方拒绝交出赫西俄涅,那么便用武力征服希腊。

海伦是朱庇特与勒达所生的女儿,长得如花似玉,当她还是个少女的时候,就被忒修斯抢走,又被她哥哥夺了回来。在继父斯巴达国王廷达瑞俄斯的挑选下,海伦嫁给了墨涅拉俄斯,后来墨涅拉俄斯继承了岳父的王位。当帕里斯在斯巴达海岸登陆的时候,墨涅拉俄斯正好不在国内,斯巴达暂由王后海伦主政。

当帕里斯进入斯巴达王宫看见海伦的第一眼即被吸引住了,他相信这是爱神维纳斯对他的爱情许诺,眼前的海伦比他想象中的要美得多,他已经忘记了父亲交给他的任务,而认为带走海伦是他唯一的目的。同样,海伦也被这个东方男子的美所打动,帕里斯的一头长发,东方式的华丽服装使海伦心中的丈夫墨涅拉俄斯黯然失色。海伦毫不掩饰对帕里斯的好感,当帕里斯提出让海伦和他一起离开斯巴达去特洛伊时,海伦竟开始动摇了。

帕里斯对当年爱神维纳斯的许诺坚信不已,他命令他的随从冲入斯巴达的王宫,把墨涅拉俄斯的财产抢劫一空。然后,他带着这些财产和海伦离开了斯巴达。虽然各种现象都表明帕里斯的这一行为必将给特洛伊带来灾难,但帕里斯还是没有认识到自己的错误。他与海伦在克剌奈岛生活了好几年后才返回

帕里斯和海伦　法国　大卫
帕里斯本应该懂得拐走海伦会给自己的祖国特洛伊带来灭国的灾难,但他不以为然,最终成为特洛伊的罪人。

了特洛伊。

当墨涅拉俄斯得知妻子海伦被劫走的消息后,与他的哥哥阿伽门农迅速召集了全希腊的君主,要求他们参加征讨特洛伊的战争。

特洛伊人对一支巨大的希腊舰队的出发一无所知。这期间,帕里斯带着他抢来的海伦回到了特洛伊。对于海伦的到来,国王普里阿摩斯并不高兴,但他的五十个孩子由于收了兄弟帕里斯的礼物而未加以反对。特洛伊人民出于对国王的敬畏才没有更激烈地去反对海伦的到来。普里阿摩斯想把海伦交给希腊人,以和平解决即将爆发的这场战争,但海伦声泪俱下地请求特洛伊人的保护,并声称虽然是被抢劫到这里来的,但现在她已经深深地爱上了她的新丈夫帕里斯。

就这样,特洛伊战争不可避免地爆发了。经过激烈战争,双方损失惨重。最后,在众人的压力之下,帕里斯决定与墨涅拉俄斯单打独斗,由此来决定海伦到底嫁给谁。双方士兵都为这一决定而感到高兴,他们早就盼望着这次灾难性战争快点结束。众神的使者伊里斯化身为普里阿摩斯的女儿拉伯狄刻向海伦报告了这一消息。此时的海伦也充满了对丈夫墨涅拉俄斯的愧疚和对儿女们的思念。她匆匆地来到城门口,普里阿摩斯忙招呼海伦坐到他身边。海伦给老国王介绍希腊的诸英雄,如尤利西斯、埃阿斯等。

在爱神维纳斯的保护之下,帕里斯没有在这场战斗中被墨涅拉俄斯杀死,但却败得相当狼狈。随即,帕里斯从战场上逃回了城里自己的宫殿里。当海伦看到丈夫从战场上逃回来时,对帕里斯咆哮着:"我宁愿看到你被墨涅拉俄斯杀死,也不希望你活着逃回来。你可是说过你能战胜他的,去!重新回到战场上去。哦,我这是在做什么?你应该留下来,否则你会被他打得更惨。"

帕里斯气愤地回应着海伦:"我们是为了你才战斗的,而你却如此对我,墨涅拉俄斯虽然胜利了,但这次是因为密涅瓦帮助了他,我相信下次他不会有这么好的运气了。"

战场上,墨涅拉俄斯还在来回地奔跑着,他想在军队中找到消失了的帕里斯,但却不知道帕里斯的去向。

阿伽门农攻打特洛伊

阿伽门农是斯巴达国王墨涅拉俄斯的兄长。海伦被帕里斯劫走之后,兄弟俩跑遍了希腊所有的国家,用利害关系说服各国元首,使他们同意组成希腊联军。希腊联军组成以后,阿伽门农被选为联军总统帅。

为了缓解战前的压力,阿伽门农经常去奥里斯港口附近的森林里打猎。一天,阿伽门农射中了一只肥壮的梅花鹿,为此,他夸口说,即使是狩猎女神狄安娜也不一定比他箭法好。阿伽门农的这些话被狄安娜听见了,女神一怒之下通过神力使那些停泊在港口的船无法从奥里斯港驶出,无法开始对特洛伊的战争。

大预言家忒斯托耳的儿子卡尔卡斯对众人说:"如果阿伽门农愿意把他的女儿伊菲革涅亚当作狄安娜供品的话,狩猎女神就会原谅你们,海面上才会刮起顺风,让希腊战船驶向特洛伊。"阿伽门农为自己的出言不逊而悔恨,但为了顾全大局,他还是写信给在迈肯尼的妻子克吕泰涅斯特拉,说珀琉斯的小儿子阿喀琉斯向女儿伊菲革涅亚求婚,让妻子带着女儿到奥里斯来。但这封信刚发出,阿伽门农对女儿的愧疚之情就迫使他又写了封信,信中他告诉妻子,他已经把女儿订婚的事推迟到了明年春天,让妻子不要带女儿来。但最后这封信却被弟弟墨涅拉俄斯所获,墨涅拉俄斯拿着信与兄长进行了一场激烈的争吵。正当他们争执不下时,克吕泰涅斯特拉带着伊菲革涅亚来到了他们面前。阿伽门农对妻子和女儿都充满了深深的愧疚,他心情沉重,却不得不对她们隐瞒真相。

一次偶然的机会,克吕泰涅斯特拉与阿喀琉斯相遇了。克吕泰涅斯特拉谈起女儿与阿喀琉斯的婚事兴奋不已,但阿喀琉斯却一头雾水:"你是在说谁的婚姻大事?我可从来没有向你的女儿求过婚啊,我猜想一定是有人在和你开玩笑。"克吕泰涅斯

猎神和她的爱鹿
狩猎女神即月亮神狄安娜,她是古罗马人祭祀较多的女神。

阿伽门农请阿喀琉斯返回战场

特拉这才知道上了丈夫的当,当她从仆人那里听说阿伽门农是想把自己的女儿当作供品献祭给狩猎女神后,以一个母亲对女儿的爱来请求阿喀琉斯的帮助,英雄阿喀琉斯信誓旦旦地答应克吕泰涅斯特拉一定帮她救出伊菲革涅亚。

克吕泰涅斯特拉来到丈夫面前,疯狂地向丈夫咆哮着,伊菲革涅亚也向父亲哭泣着,她们想以此打动阿伽门农,但同样悲痛的阿伽门农却心如磐石:"我并不是向弟弟墨涅拉俄斯让步,而是面对整个希腊人的请求作让步。你们看,我周围有如此大的一支船队。我可怜的孩子,我是那么的爱你,可如果不牺牲你，特洛伊就不能被攻陷。"阿伽门农高昂着头离开了，以使自己的眼泪不至于流下来。

阿伽门农身后的母女俩哭泣着，阿喀琉斯走了进来："你们跟我走吧，我将用生命保护你们。希腊人不会进攻女神的儿子的，我的生命和特洛伊的命运息息相关。"

但伊菲革涅亚却改变主意，她走到母亲和阿喀琉斯面前，目光炯炯，如同一位女神一样："亲爱的母亲，不要惹父亲生气了，他不能违反命运。我愿意去接受死亡，希腊人把眼光盯在我身上，如果我不死，战船就不能起航，特洛伊城就不能攻陷。我自愿为我的祖国献身。"说完，她毅然地走向了已经搭好的祭台。就在这时，奇迹出现了，祭台上的伊菲革涅瓦突然不见了，取而代之的是一只雄壮的梅花鹿。卡尔卡斯大声说："看看这个牺牲吧，这是狩猎女神送来的，她不愿意牺牲那位姑娘，宁愿让这头梅花鹿代替。女神已经原谅了我们，我们今天就可以出港了。"整个军队沸腾了，他们看到船只在起伏的洋面上摇动。

当阿伽门农回到自己的住处后，妻子克吕泰涅斯特拉已经离开了，虽然他没有能得到妻子的原谅，但女儿获救的事还是让他倍感欣慰。于是，他把全部的心思都放到了征伐特洛伊上。

在阿伽门农的率领下，希腊联军驶出港口，登陆特洛伊所在的岛屿。强大的希腊人在战车的掩护中向前挺进。特洛伊方面的统帅赫克托耳也把特洛伊部队集合起来，迎战希腊联军的进攻。

希腊军和特洛伊人厮杀起来，中午时分，希腊军队突破了特洛伊人的防线，成批的特洛伊人倒下了，鲜血染红了河水。在赫克托耳的指挥下，特洛伊人重整旗鼓，返回来继续和希腊军队作战。正当阿伽门农想打败特洛伊人的反击时，手臂被一支长枪击中，他只好离开战场。没有了主帅的希腊军被特洛伊人打得落花流水，希腊最英勇的英雄尤利西斯、狄俄墨得斯受了伤，医神埃斯科拉庇俄斯的儿子医马卡翁也受了伤。

阿喀琉斯的朋友帕特洛克罗斯来到了先知老人涅斯托耳的军帐，听说希腊军伤亡惨重，忙回去向阿喀琉斯报告。

双方的激战仍在进行中，虽然特洛伊人也有死伤，但他们却占领了围墙旁边的一块高地。当特洛伊人在赫克托耳的带领下决定把希腊的舰船烧掉时，阿伽门农带领着乌利西斯、狄俄墨得斯又重新回到了战场上，希腊军队士气大振。这时，埃阿斯抛出的一块大石头正好击中了赫克托耳的头部，赫克托耳生命垂危，然而，太阳神福波斯却使赫克托耳恢复了元气："我会保护着神圣的特洛伊城，快去加入战斗中去，把这群讨厌的希腊联军赶回希腊去。"赫克托耳精神抖擞，在战场上纵横驰骋。希腊人被特洛伊人杀得狂奔逃窜，特洛伊人取得了战争的初步胜利。

英雄阿喀琉斯的愤怒

当帕特洛克罗斯泪流满面地把希腊联军惨败的消息告诉阿喀琉斯后,阿喀琉斯气愤地说:"亲爱的帕特洛克罗斯,不要难过,我不会去参加这场战争的,因为那个人夺去我应得的奖赏。你穿上我那身银制的铠甲,保护好我们的船,把回希腊的路堵死,那样我们的军队就只有全力以赴了。"

帕特洛克罗斯穿上阿喀琉斯的铠甲,阿喀琉斯则去召集他的部队,让他们听从帕特洛克罗斯的指挥。队伍出发以后,阿喀琉斯回到他的住处,端起一杯酒,高举过头:"万能的神啊,请保佑帕特洛克罗斯和希腊人取得胜利吧。"

战场上,阿喀琉斯的队伍像饿狼扑食一样向特洛伊人扑去。当特洛伊人看到穿着阿喀琉斯铠甲的帕特洛克罗斯出现在战场上时,都以为是阿喀琉斯,顿时惊慌失措,溃不成军,赫克托耳指挥着特洛伊人边打边退,一直退到特洛伊城的西门处。赫克托耳把残余的战士重新组织起来,反击希腊人的进攻。帕特洛克罗斯两眼冒着寒光,挥舞着他的长矛指挥希腊军进行冲锋。当进行第四次冲锋时,帕特洛克罗斯的背部被特洛伊人欧福耳玻斯刺了一枪。见帕特洛克罗斯受了伤,赫克托耳扑上去朝他的腹部又是一枪,勇敢的帕特洛克罗斯牺牲了,他身上的阿喀琉斯的珍贵铠甲被特洛伊人剥了下去。

赫克托耳穿上阿喀琉斯的铠甲,大声对特洛伊人喊道:"勇敢的特洛伊人,如果谁能把希腊人打败并把帕特洛克罗斯的尸体夺回来,我就把这闪亮的铠甲分一半给他。"赫克托耳的话音刚落,特洛伊人便旋风般地向帕特洛克罗斯冲去。希腊人见状,也一窝蜂似的拥向帕特洛克罗斯的尸体。两军为了争夺帕特洛克罗斯的尸体展开了一场厮杀。

当安提诺俄斯见到阿喀琉斯时,阿喀琉斯正一人站在战船上向战场方向眺望着,他对朋友的死一无所知。他甚至期待着他的朋友凯旋归来。"安提罗诺俄,你怎么到这里了?你应该在战场上才对啊,难道我们胜利了吗?"阿喀琉斯看到安提罗科斯时惊奇地问。安提罗诺俄一把扶住阿喀琉斯,眼泪又流了下来:"我给你带来一个痛心的消息,你的朋友帕特洛克罗斯不幸阵亡了。我们的队伍正在和特洛伊人争夺他的尸体,你的那套漂亮的铠甲被赫克托耳穿在了自己身上。"

阿喀琉斯后退了好几步,差点儿跌坐到地上,他对他朋友的死还有点儿接受不了,可当他发现这一切都是真的的时候,坐到地上放声痛哭起来,一边哭一边撕扯着自己的头发。他的哭声惊动了他的母亲忒提斯,忒提斯来到儿子身边。

"母亲,我最好的朋友帕特洛克罗斯被赫克托耳杀死了,还抢走了我的那套铠甲,你要知道,我爱帕特洛克罗斯胜过了爱自己,对于他的死我真是太悲伤了,我一定要杀死赫克托耳,否则我活下去还有什么意义。"看到母亲的阿喀琉斯哭得更大声了。"可是,孩子,如果你杀死了赫克托耳,你的末日也就不远了。"看到儿子眼中的坚毅,忒提斯补充说:"如果你执意要去,就等明天吧,明天早上我会给你送来一副新的铠甲。"

此时,双方对帕特洛克罗斯尸体的争夺仍在进行。日落前,希腊人终于把帕特洛克罗斯的尸体抢了过来。阿喀琉斯扑向朋友的尸体,他已经流干了眼泪,但眼睛里去充满了杀气:"我的朋友,我发誓,一定把赫克托耳带来做你的祭品。"

第二天,忒提斯把一副火神伏尔甘打造的铠甲交给儿子,穿上铠甲的阿喀琉斯顿时精神倍增。

"阿伽门农、墨涅拉俄斯,我们之间的矛盾使得希腊军连连

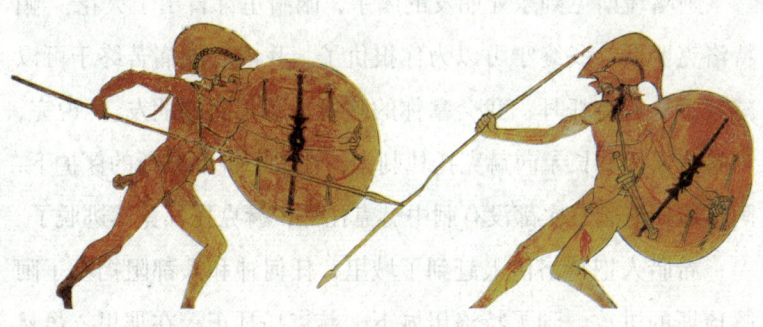

阿喀琉斯刺向赫克托耳
赫克托耳是特洛伊英雄,他曾经杀死了阿喀琉斯的挚友帕特洛克罗斯,这引起了阿喀琉斯的极大愤怒,导致他出战并杀死了赫克托耳,也扭转了特洛伊战争的局势,使之向有利于希腊联军的方向发展。

败退,也导致了我朋友的牺牲。从现在起,我们要一起把特洛伊人从我们的船上赶出去。阿伽门农,下令全体希腊将士进攻吧。"说完以后,阿喀琉斯把他的队伍集合起来,准备打前锋。见威猛的阿喀琉斯参加到战斗中来,希腊将士备受鼓舞。

阿喀琉斯催动战马,大喝一声,扑向了战场。希腊人由于阿喀琉斯在他们的行列之中,显得信心十足,奋勇杀敌。特洛伊人也看到了英勇的阿喀琉斯,开始畏缩不前,战斗变得激烈、残酷起来。

为了给朋友报仇,阿喀琉斯一边战斗一边寻找赫克托耳,赫克托耳在太阳神福波斯的警告之下,一直拒绝与阿喀琉斯正面交锋,但当他的弟弟——普里阿摩斯的小儿子波吕多洛斯被阿喀琉斯杀死之后,他终于不顾神的警告,径直朝阿喀琉斯奔去。

阿喀琉斯见到杀死朋友的凶手,眼睛里都冒出了火花:"帕特洛克罗斯,我终于可以为你报仇了,我内心的痛苦终于可以减轻了。赫克托耳,我会拿你的脑袋去祭祀我的朋友。"说完,阿喀琉斯挥动长矛向赫克托耳刺去,在太阳神福波斯的保护下,阿喀琉斯连刺三次都没有刺中赫克托耳,赫克托耳竟然逃脱了。

希腊人把特洛伊人赶到了城里,任何神和人都阻挡不了阿喀琉斯的进攻。到了特洛伊城下,赫克托耳正等在那里,虽然赫克托耳想和阿喀琉斯决一死战,但当他看到像战神一样闪着光辉的阿喀琉斯时,心不由自主地颤抖起来,于是,他开始逃跑。阿喀琉斯围着特洛伊城追逐赫克托耳跑了三圈。到第四圈时,在神的安排下,赫克托耳停了下来,毫无惧色地同阿喀琉斯进行决斗。

一想到帕特洛克罗斯的死,阿喀琉斯就把对朋友的悲痛化成了复仇的力量,他挥舞着长矛与赫克托耳拼杀到一起。

最后,赫克托耳终于败在了这个神的儿子的长矛下。

"阿喀琉斯,你胜利了,但我请求你,把我的尸体运到特洛伊城,不要让恶狗撕扯,我父亲会给你无数的黄金和青铜的。"奄奄一息的赫克托耳望着胜利的阿喀琉斯请求道。

阿喀琉斯摇了摇头:"你的哀求不会起到任何作用的,你是杀害我朋友的凶手,我不会把你的尸体交给特洛伊人的,你放心吧,不会有人把撕扯你尸体的野狗赶走的。"

赫克托耳的眼睛里闪出了亮光,他呻吟着说:"我知道你不会同情我的,但你知道,等到太阳神福波斯把你击倒在地,濒临死亡时,你会想到我的。我的死也意味着你生命快要终结了啊。"

说完,赫克托耳的灵魂离开了身体。

阿喀琉斯长叹了一口气:"你只管放心地去死吧,不管神如何安排我的命运,我都会接受的。我的母亲早已经告诉过我,你死以后,我会死在太阳神福波斯的箭下,但杀死你我还是不后悔。"说着,阿喀琉斯从赫克托耳身上剥下了原本属于自己的那副铠甲。

木马计和特洛伊城的毁灭

　　希腊人围困特洛伊城不下十年,双方进行了无数次激烈的战争,但对战争的结束却没有任何成效。正当希腊人为不能攻占特洛伊城而苦恼不已的时候,他们收到了一则神谕:特洛伊的命运取决于特洛伊城建立时朱庇特赐给特洛伊的那幅帕拉斯圣像。

　　虽然尤利西斯和狄俄墨得斯化作乞丐从特洛伊城把帕拉斯圣像偷了出来,但接下来的攻城还是被特洛伊人击退了。

　　"难道我们偷得了帕拉斯圣像还是不能取胜吗?我们已经在这个地方耽搁了将近二十年,难道我们还要在这个地方待下去吗?"希腊众将士纷纷抱怨着。

　　预言家卡尔卡斯对骚动的希腊将士们说:"我看到了一则预兆,如果硬攻可能难以奏效,我们必须想个万全之策进行智取。"

　　大敌当前,特洛伊人会那么容易中计吗?更何况,谁又能想出一个好的计策呢?大家都陷入了沉思之中。

　　"各位英雄,我倒想出了一个主意,不知你们觉得怎样。"尤利西斯环视着四周开始陈述他的计谋,"我们可以制作一匹木马,在它的腹内装许多的希腊士兵,其余的人离开特洛伊海岸前往忒涅多斯岛,让特洛伊人认为我们已经撤走,可以大胆地出城活动。最后,我们派一个士兵混进特洛伊城,就说是希腊人想用他向智慧女神密涅瓦献祭,他躲在这只同样敬献给密涅瓦的木马的腹下才逃脱了厄运。不过,这一切都得逃过特洛伊人的眼睛,使他们相信。我们的人进入特洛伊城就好办了,摧毁特洛伊一定不成问题。"

尤利西斯眉飞色舞地叙述着,众将士们也都听得入了神。虽然阿喀琉斯的儿子和菲罗克忒斯心存异议,他俩希望通过光明磊落的拼杀来赢得这场战争。但神命不可违,天意如此,两

木马计

位英雄不得不表示顺从。

既然已经定下了攻城的计谋，希腊人开始着手制作木马，在智慧女神密涅瓦的帮助下，希腊人仅用了三天就完成了赶制木马的任务。

"勇士们，现在已经到了展示真正力量的时候了。钻进马腹里所需要的勇气远远超过了在战场上作战的勇气，只有最勇敢的人才敢于尝试，其余的人可以退到忒涅多斯岛上去。但我们要留一个胆大机灵的人进入特洛伊，谁愿意完成这项任务呢？"勇敢的西农挺身而出。墨涅拉俄斯、狄俄墨得斯、尤利西斯、埃阿斯等许多英雄都进入了漆黑的马腹中，大家静静地挨坐着，一声不吭。在阿伽门农指挥下，其余的希腊人放火烧掉了帐篷，拔锚起航，朝忒涅多斯驶去。

站在城墙上的特洛伊人看到海面上的希腊战船向远方撤退，忙向城内的人们报告了这一情况。他们以为希腊人放弃了对特洛伊的攻打，欢呼雀跃，纷纷跑出城去，当他们看到希腊人留下的巨大的木马时，对木马的去留进行了讨论。最后，特洛伊人在木马的腹下发现了西农，并把他带到了国王普里阿摩斯的面前。

西农按尤利西斯的吩咐编造了一个精彩感人的故事，普里阿摩斯和特洛伊人深信不疑，他们甚至同情起眼前这个希腊人来。特洛伊人把巨大的木马拉进了特洛伊城里。

为了庆祝希腊军队的撤退，特洛伊人在当晚举行盛宴，人们开怀畅饮，载歌载舞，一阵热闹之后，所有的人都沉入了梦乡。

看到特洛伊人都睡着了，假装喝醉了的西农悄悄地摸出了城，点着了一杆火把，向远处的希腊人发出了信号。

回到城里后，他又轻轻地敲了敲马腹，示意大家准备出来。英雄们这才小心地从马腹里下到地面。大家挥舞着长矛，对沉睡的特洛伊人进行了砍杀。他们还把火把扔进了特洛伊人的住房处，顿时，城里成了一片火海。

忒涅多斯岛上的希腊人看到西农发出的信号后，又疾风般驶入了特洛伊港，与城内的希腊英雄们并肩作战。不一会儿，特洛伊城被希腊人占领了，整座城市成了废墟，特洛伊人的尸体铺遍了每一条街道。他们中的很多人虽然手无寸铁，但仍旧顽强抵抗。战斗越来越残酷。

特洛伊国王普里阿摩斯和他的三个儿子都被阿喀琉斯的儿子涅俄普托勒摩斯杀死了，赫克托耳的小儿子阿斯提阿那克斯也被希腊士兵从塔楼上扔了出去。

特洛伊的英雄埃涅阿斯几天前还精神抖擞地从城墙上打退围城的希腊军，但此时的特洛伊却火光冲天，经过多时的拼杀希腊军还是没有被击退。埃涅阿斯所能做的，只是扶着年迈的父亲安喀塞斯，背着儿子阿斯卡尼俄斯，在他的母亲爱神维纳斯的佑护之下逃出特洛伊。

燃烧，屠杀，宣告了这座不幸城市的彻底毁灭。

英雄埃涅阿斯寻找新乐园

埃涅阿斯一家逃离了一片火海的特洛伊后,来到了爱达山下的小城安唐特洛斯。在这里,已经聚集了一批逃难的特洛伊人,当他们看到埃涅阿斯到来后,纷纷向他围拢过来。

"埃涅阿斯,你是英雄安喀塞斯的儿子,带我们去寻找新家园吧。特洛伊已经毁灭了,但我们的信心并没有随之而去啊!"大家情绪昂扬,但却一脸茫然。

是啊,特洛伊消失了,但在这些逃出来的人心中特洛伊却永远存在着。在埃涅阿斯的带领下,人们强打精神,从爱达山下砍伐了些树木,造了好些大船。春暖花开的时候,埃涅阿斯率领船队扬帆击桨,载着哭泣的人们告别了故乡,驶入了茫茫的大海。船队鱼贯而行,在一望无际的大海上漫无目的地航行着。

人们已不记得船队在大海上漂泊了多少天,最后,船队来到了色雷斯地界。色雷斯曾是特洛伊的结盟国家,特洛伊国王普里阿摩斯把小儿子波吕多洛斯送给色雷斯国王波林涅斯托耳做养子。当特洛伊遭受劫难时,波林涅斯托耳毫无情义地把波吕多洛斯交给了希腊人,可怜的王子被希腊人当着父亲普里阿摩斯的面用乱石击死，色雷斯以此换来了和平。

这群逃难的人并不知道眼前的国家就是色雷斯，当他们看到这片陆地时，欢呼着跳了起来，抛锚下船，准备在这里奠基新城。

"虽然现在不可能准备真正的祭坛，但我相信这样的天然祭坛众神会喜欢的，不过，我还需要把这块天然祭坛装饰一番。"埃涅阿斯一边想着，一边走上附近的一座山坡，打算给众神祭祀。

山坡上长满了灌木和杂草，偶尔有几株野花挺立其中，好美的地方！正当埃涅阿斯撼动一株矮树时，可怕的事出现了。从矮树的躯干上渗出了一滴滴黑色的污血，埃涅阿斯连忙缩回了手。"森林保护神啊，请佑护可怜的特洛伊人吧，为什么会出现如此怪异的现象呢？难道这里不是我们的立足之地吗？"说着，埃涅阿斯又抓起另一株小树，用膝盖抵住地面，试图把小树连根拔起。

"不幸的特洛伊人，你为什么要折磨我呢？要知道，我和你一样不幸啊。这个国度是色雷斯，我是普里阿摩斯的儿子波吕多洛斯，我被希腊人用乱石击死，同情我的色雷斯人把我的骸骨捡了回来，埋葬在他们国土上。这里也曾经是我孩童时期的游玩之地，我的灵魂停留在这块土地上。我劝你别伤害这块土地，离开这片海岸吧，它被叛徒的家族所统治，在这里建造新城是十分危险的。"地下传来了一串抱怨似的呻吟。

埃涅阿斯停止了他的行动,对着这片树林祷告:"可怜的波吕多洛斯,我们都是特洛伊的子民,保佑我们在不久的将来能顺利地重建家园吧。"

回到岸边,埃涅阿斯把波吕多洛斯的这番忠告告诉大家,已经开始的工作立刻停止下来。大家拿出一些从特洛伊带来的物品,作为祭供祭献给了波吕多洛斯,然后把船只推下海,一阵顺风又把他们送入了广阔无垠的大海。

不久,在这群逃难的人面前又出现了一座美丽的小岛,它曾经是一座漂流的岛屿,名叫特洛斯,太阳神福波斯就出生在特洛斯岛上。福波斯把海岛固定在库克拉登岛屿中间的海底上,使它能够经得起狂风巨浪的袭击。埃涅阿斯的船队在特洛斯岛登陆,人们涌向了祭祀太阳神的庙宇。

克里特岛上的弥诺斯王宫遗址
克里特岛上的宫殿不仅是王室的住所,还是宗教、政治、工艺和商业的中心。

"伟大的太阳神,给我们一个栖身之地吧,我们应该在哪里建立起第二座特洛伊城呢?"埃涅阿斯拜倒在神庙前。

"你们建立新城的地方是你们先祖诞生的地方,埃涅阿斯的子孙们将在那里成为世界的主宰。"敞开的神庙里传来了福波斯的声音。

大家欢呼着,可神谕中先祖诞生的地方指的是哪里呢?

"我们族人的摇篮叫克里特岛,那也是众神之父朱庇特诞生的地方,就让我们遵从神谕吧,从这里到达克里特岛只需要三天的航程。"安喀塞斯提醒大家。

果不其然,第三天清晨,逃难的特洛伊人航行到了克里特岛海岸。当地居民热情好客,用各种食物接待了难民们。埃涅阿斯率领大家努力开始建造新城的工作,不久,城墙和房屋从平地上耸起,人们把这座新城称为伯加马斯。

正当难民们为终于重建了家园而大肆欢庆的时候,一场新的灾难来临了。

当年夏天,克里特岛出现了少有的干旱,大地一片焦黄,颗粒无收。大批的特洛伊人死亡了,幸存下来的特洛伊人也陷入了绝望之中。有些人提议回到特洛斯岛重新聆听神谕,可又实在不忍心放弃这座几乎要竣工的城市。

在将要离开克里特岛的最后一个晚上,埃涅阿斯躺在床上毫无睡意:"真的要离开这座城市吗? 神谕不是已经预示我们要在这里建造一座新的城市吗?"

正当埃涅阿斯左右为难的时候,特洛伊的几位家神来到他的床前:"你把我们从火海中抢救出来,带着我们转战南北,我们和你一起经历了惊涛骇浪。所以,我们将为你的子孙们寻找一个乐园,并让他们执掌统治世界的权柄,而你注定要为显赫的后代准备住址。福波斯派我们来告诉你,你的国家还在遥远的地方,那里被称为意大利,是根据当地的国王意大罗斯命名的。快去寻找意大利吧,朱庇特拒绝你们在克里特岛安身立命。"

埃涅阿斯从半梦半醒中惊醒,一骨碌从床上跳了起来,像是受到了极大的安慰。当他把家神的预言告诉给正做着开往特洛斯准备的人们时,人们高兴得大声欢呼起来,只要有确切的目标,哪怕再大的风浪他们也愿意往前闯。

没有病愈的一批人被留在了克里特岛上的伯加马斯城,另一批人则扬帆起锚,在埃涅阿斯的指挥下驶入大海。

朱诺的报复

在克里特岛,特洛伊的家神们为埃涅阿斯指点了迷津:幸存下来的特洛伊人将在一块古老的土地上——意大利居住下来,并且将用武力建立一个强大的国家。但是,家神们也预言,意大利非常遥远,而且寻找的过程也相当艰巨。

难民们离开克里特岛后不久,踏上了斯特洛法登岛,在岛上,难民们遇到了半人半鸟的哈尔庇。特洛伊人吃掉了哈尔庇羊群里的几只羊,而哈尔庇则恶狠狠地预言,只有当特洛伊人桌子上的面包被饥饿的人们一扫而光时,他们才能重建特洛伊。

不得已,难民们又进入了漫长的迷途航行中,又经历了很多的冒险。终于,特洛伊人看到了遥远的地方绵延着朦胧山脉的海岸线,他们站在船头呐喊起来,挥舞着手里的船桨,一定是到达意大利了。其实,他们看到的的确是意

朱庇特与朱诺

大利海岸，但是，当船开近海岸之后，人们首先看到的是四匹在海滩旁的草地上放牧的骏马。在特洛伊眼里，骏马意味着战争，于是，人们惊叫着离开了盼望已久的意大利海岸。

特洛伊人又驶过了很多岛屿，在西西里岛登陆时，埃涅阿斯的父亲安喀塞斯不幸遇难。埃涅阿斯没有时间耽于对父亲的哀悼，神的意志驱使他率领他的臣民继续前行，去寻找祖先生活的土地，他要在那里建立一个新的国家。

埃涅阿斯的船队刚刚离开西西里岛，天后朱诺就急切地从奥林匹斯山上向下俯视。朱诺是特洛伊的宿敌，当她看到埃涅阿斯的船只经过无数次灾难依然在找寻着意大利时，不禁暴跳如雷："难道特洛伊不应该被彻底毁灭吗？普里阿摩斯的女婿和外孙真的要在意大利重建家园吗？那将是多么不幸的事啊，我做了这么多努力却还是没能彻底打败特洛伊人，作为诸神母，我是多么悲哀啊。我应该去想个好的办法，把从事战争的这一族连根铲除才对。"

朱诺知道，丈夫朱庇特宠爱维纳斯，而埃涅阿斯是维纳斯的儿子，自然这个特洛伊人得到了天公朱庇特的庇护，如果真的要消灭特洛伊人肯定会煞费工夫。于是，朱诺决定找各路风神帮忙。她来到风源的领地，寻找各路风神的国王埃洛斯的山洞。

"亲爱的埃洛斯，你是多么伟大啊，你能驱使所有的风神为你服务。你的威力连海神尼普顿都无法与之相比。看啊，海面上航行的那些特洛伊人是多么可恶，他们制造了战争，却从战争中逃脱，他们应该受到惩罚才对，而你应该承担起这一责任。"朱诺软硬兼施，还掺杂着许多诱人的许诺，埃洛斯终于招架不住了，他召来了各路风神，命令他们去执行天后朱诺交给他的任务。

顿时，各路飓风冲出来，在陆地上掀起了飞沙走石。

"终于可以自由地施展我们的威力了，在海神尼普顿的管理下，我们哪里有表现的机会啊，而现在，瞧我们多么劲猛，我们可以在宇宙间任意驰骋了。"东风一边骄傲地说着，一边在陆地上卷起了沙土。

西风和北风更加肆虐，他们把海岸当作跑道，一边跑一边大声叫喊，他们的喊声化作了雷，吓得地面上的动物躲进了洞穴，海洋里的动物潜入了海底。

"各路风神们，瞧你们多么勇猛，测试你们能力的时刻已经到了。你们看，在海中航行的那只船队就是特洛伊人的船队，你们尽情地呼啸吧，你们的目标就是让那只船队从海面上消失。"朱诺向各路风神们作着解释。

有了明确的目标，各路风神争先恐后地表现自己，他们从四面八方涌入大海，海面上腾起了万丈狂澜。特洛伊人虽然已经过了大风大浪，但他们还是被眼前的景象惊呆了，粗大的缆绳被风吹断，船橹摇断，船里灌进了海水，顿时，哭声、喊声混成一片。南风把一艘满载着粮食的船吹向了岸边的礁石，特

怒海上的舟楫
尽管朱诺憎恨特洛伊人,千方百计想把特洛伊人灭绝,但顽强无畏的特洛伊人在埃涅阿斯的带领下斗天斗地,百折不挠,终于脱离艰险,把握住了自己命运的主动权。

洛伊人慌乱地向岸上搬运船上的粮食,但还是损失了大部分。北风卷起一汪海水,揉搓成一道巨浪扑向其中的一艘船,船顷刻间化成了碎片,船上的特洛伊人奋力地向岸上游去,没有来得及游上岸的则葬身鱼腹。

  海神尼普顿本来正在海底花园散步,突然一阵动荡让他站立不稳,他从汹涌的波涛间伸出头,想看个究竟。海面上,埃涅阿斯的船队支离破碎,各路飓风则得意扬扬地进行着彻底的扫荡。尼普顿宠爱特洛伊人,他怎么能让他的宠儿遭受到如此不幸呢?他把各路风神唤到眼前,咆哮着让他们回到各自的住所,随后,他用双手把起伏动荡的波浪抚平,把海面上的乌云赶走，大海上又阳光普照了。

朱诺看到特洛伊人又化险为夷，不由得怒火中烧，但海洋是尼普顿的管辖范围，她这位天后也只能眼睁睁地看着埃涅阿斯和他的船队重整旗鼓而无可奈何。

风平浪静后，特洛伊人登上了陆地，这是非洲的一个海岸，这里的人们善良朴实，像亲人一样接纳了这批特洛伊难民。

特洛伊人现在只剩下七艘船了，他们把被水浸湿的粮食搬上岸来，燃起篝火烘干，用石磨磨成面粉，然后支起锅灶准备食物。

不大一会儿，埃涅阿斯和一批特洛伊猎手扛回了几只被射杀的梅花鹿。

"历经苦难的特洛伊人，准备美酒吧，祭祀完众神后我们便可以喝个痛快。虽然众多的苦难伴随着我们，但总会有一位神帮助我们渡过这些苦难。应该相信，我们一定能到达意大利，而且我们将在那里建起第二个繁荣昌盛的特洛伊。"

朱庇特许下诺言

　　迦太基位于非洲，原是腓尼基农民居住的地方，那里保存着天后朱诺的盔甲和战车，所以朱诺极尽恩惠地保佑着这片土地。后来，腓尼基人茜克奥宇斯的遗孀狄多在那里扩建了新城和迦太基的城堡。

　　当埃涅阿斯登上利比亚海岸的时候，天公朱庇特正站在奥林匹斯山的峰顶。

　　"高贵的主啊，我的儿子埃涅阿斯已经围着意大利转了一圈，受尽了种种苦难，可就是不能到达目的地，每当他瞅见和平的灯塔便又被推入战争的汪洋大海，请保佑我的孩子吧。你不是亲口告诉过我，说特洛伊祖先的血液会最终凝结形成罗马民族吗？自从特洛伊战争后，我一直担心我的儿子，是你的这番话才使得我放宽了心，可现在埃涅阿斯却面临着更大的困难，难道你又改变主意了吗？"爱神维纳斯眼眶里闪烁着晶莹的泪珠，她走到朱庇特身旁，十分悲伤地对他说。

　　朱庇特抚摸着维纳斯的头："不要为此担心，埃涅阿斯的命运不会改变的，我所答应你的一切都会实现的，只不过埃涅阿斯需要经过许多磨难。最后,他会在拉丁姆国的大平原上建造一座新城,即拉维尼乌姆,会驯服他的人民,制定法律,并统治那里三年。埃涅阿斯死后,他的儿子阿斯卡尼俄斯将把国都移到阿尔巴纳山,即阿尔巴·隆伽城。特洛伊的子孙将在那里统治三百余年,直到战神玛尔斯与一位女祭司的儿子洛摩罗斯在台伯河畔的七座山峰间建造新的居住地。洛摩罗斯将成为罗马民族的先祖,罗马则会成为世界的主人。不要为埃涅阿斯眼前遇到的困难而悲伤,当罗马民族强大起来时,连一直折磨你儿子的天后也会和他们和解的。"

维纳斯悲伤的脸上平静了许多,谢过朱庇特后,她缓缓地走下了奥林匹斯圣山。

埃涅阿斯和他的船队被风暴吹到了一片海岸上,这是一个陌生的国度,从这里怎么才能到达他们的目的地意大利呢?

第二天,天刚蒙蒙亮,埃涅阿斯就带着他的朋友阿赫脱斯动身去考察这块土

维纳斯雕像
维纳斯是爱与美之神,是埃涅阿斯的母亲。在埃涅阿斯遭遇困境时,她总能及时出现帮助儿子渡过难关,使埃涅阿斯得以一步步接近胜利的彼岸。

地。他们背着两杆投枪,在海滩边的树林里漫无目的地走着,希望能遇到一个当地的居民。

正当埃涅阿斯和阿赫脱斯疲惫地坐下来休息时,从树林深处走来一位姑娘,姑娘背上背着一张弓,头发随风飘拂着,其长袍卷至膝盖处,显然是一个女猎手。

"你好,姑娘,你的美丽告诉我你是一个仙女,但不管你是谁,请你告诉我们,我们脚下的这个地方是哪里呢?我们被一场风暴送到了这里,但却不知道身处何处,我们已经在大海上迷航很久,幸亏有海神尼普顿的佑护,否则真不知道葬身何处了。"埃涅阿斯一边说着一边陷入了对往昔的回忆中。

姑娘大方地朝着两位陌生人笑了笑,盯着埃涅阿斯,说道:"这里是腓尼基人的王国,是泰尔人居住的地方,我们泰尔姑娘都习惯于这样的装束。听说过非洲吗?你们靠岸的这个世界就是非洲,这个国家的名字叫利比亚,狄多是这里的女王。本来,狄多是一位富裕的腓尼基人茜克奥宇斯的妻子,她的弟弟皮格马利翁是泰尔国的国王,因贪图茜克奥宇斯的黄金而把姐姐的丈夫杀死了。茜克奥宇斯深爱着他的妻子,他的灵魂出现在妻子狄多的梦里,向妻子揭露了皮格马利翁的这一罪行,并把他埋藏黄金的秘密地点告诉给妻子,让妻子挖走,并迅速逃离泰尔国。狄多同样深爱着她的丈夫,她止住悲伤,按丈夫的指示把挖出的黄金装上船。许多因国王的不仁道而愤怒的人也随着狄多的船离开了泰尔国。就这样,狄多带领伙伴们来到了这里,买下了一块叫比尔萨的土地，后来，她凭着自己的财物赢得了越来越多的土地，直到建立了由她统治的强大王国。年轻人，我已经告诉你们这里是哪里了，不久以后你们将在这里看到迦太基高大的城墙和直入云霄的城堡。"

"感谢你告诉我们这么多，但是，我们要去的地方是意大利，这里离意大利有多远呢？我们是特洛伊人，不知你听说过没有，一个曾经繁荣富饶的地方，却被希腊人毁灭了，只有这批幸运的人逃了出来。我们是多么不幸啊，神谕告诉我们，我们会在意大利重建家园，可是我们的船队经过了众多的苦难，却依然登不上意大利的土地。中途，我们迷失了方向，很多船只也不知去向……"

姑娘打断了埃涅阿斯的话："让我告诉你关于失散的船只和朋友们的预言吧。你的一部分伙伴登上了海岸，另一部分则将要到达海岸。你们现在只需要在这块土地上等待，直到你的伙伴们到来。"

姑娘说完，转身走向了森林深处。这时候，埃涅阿斯才发现，姑娘的身影、步履和他的母亲维纳斯一模一样，原来是母亲在为儿子指点迷津啊。埃涅阿斯奔过去，想把母亲留住，但维纳斯已布下了一阵迷雾，雾散后，维纳斯不见了，只留下在原地发呆的埃涅阿斯。

埃涅阿斯在迦太基

在母亲维纳斯的指点下,埃涅阿斯又恢复了以往的信心,他沿着树林里的小路信步往前走着。不大一会儿,他来到一座山坡前。埃涅阿斯登高远眺,耸立云天的迦太基城堡就在眼前,气势恢宏的宫殿、宽敞的街道、巨型的城门,无不让人惊叹。

埃涅阿斯带着阿赫脱斯走下山坡,走进了迦太基城。迦太基城还在扩建之中,每个泰尔人都显得非常忙碌,街上的泰尔人更是行色匆匆,没有人注意到两个陌生人正走在他们中间。

迦太基城中心是一片树林,泰尔人曾经在这个树林里挖出一个马头,那是天后朱诺送给迦太基的吉祥物,预示着迦太基将成为一个世界帝国。于是,女王狄多在这里给朱诺立了一座神庙。走进神庙,埃涅阿斯在壁画中看到了有关特洛伊战争的画面,不禁激动起来,眼睛里闪烁着希望之光,将来的特洛伊城也会像迦太基一样宏伟吗?也会有神的佑护吗?如果有,那么特洛伊人也一定会为众神建造庙宇。

正当埃涅阿斯想着心事的时候,一位貌美的女子走了进来,女子身上散发着高贵的气息,身后跟着一群随从。女子坐到神庙中心的宝座上，吩咐身边的人传令，让建城的工匠们加快速度。

"如此美丽的女子，又具有如此的威仪，那她一定是女王狄多了。"埃涅阿斯心里想着。

神庙前是一个巨型的广场，很多居民都聚集在这里，等候着女王为新的国家制定新的法令。

正如维纳斯所预言的那样，埃涅阿斯在广场上的人群中看到了失散的特洛伊人。

埃涅阿斯走进庄严的迦太基朱诺神庙，领略了女王的威仪。狄多女王为长途跋涉而来疲惫的特洛伊人摆下盛宴，热情款待了他们。

这些人在航行的途中被风浪送到了其他海岸，而在这里，他们又相遇了。埃涅阿斯还注意到，这些特洛伊人都是从各个船上选出的代表，如塞尔盖斯托斯、克洛安托斯等。由于神庙前的人很多，他们并没有注意到他们的首领埃涅阿斯也在这里。

埃涅阿斯欣喜地看着不远处的特洛伊人，想等人少些以后再前去相认。那些特洛伊人也在人群里挤来挤去，好不容易挤到了神庙门前。

古罗马神话故事

"尊敬的女王陛下，我们是特洛伊人，因为与希腊的战争失败而被迫逃亡。我们本是要到意大利去，但经过无数的灾难我们还是没有到达目的地。飓风把我们的船队掀翻，一些特洛伊人葬身海底，而我们则被抛到了暗礁丛中。可你们的民族是怎样一个民族啊，你们不允许我们上岸，还扬言要烧掉我们的船只，对于可怜的特洛伊人来说这是多么残忍啊。如果你们见到了我们的首领埃涅阿斯，一定会作出相反的决定的。他是一个多么伟大的英雄啊，只是他与我们失去了联系。高贵的女王，请允许我们靠岸，把我们支离破碎的船只修理好，让我们平安地到达意大利，我们将不胜感激。如果埃涅阿斯不幸被波浪吞没了，那我们的希望也破灭了，请护送我们回到西西里岛，我们会给你们丰厚的报酬。"一个特洛伊人的代表走到女王狄多面前请求道。

狄多看了看眼前的特洛伊人："外乡人，请原谅我的国民们带给你们的恐慌，他们只是为了保护国家而已。我们一直对特洛伊人心存敬仰，知道特洛伊英雄和他们的赫赫战功，对于你们所遭受的打击，我和我的臣民都深感同情。我们可以满足你们所提出的要求，只是不能让你们在我们的土地上居住繁衍。至于刚才你所说的首领埃涅阿斯，我会派我的臣民去寻找。如果他还没有上岸，我将同意让你们居住到他到来为止，也许他现在正迷失在迦太基的某个树林里呢。"

狄多的话音刚落，埃涅阿斯就迎着灿烂的阳光走到众人面前。

"尊贵的女王,我就是埃涅阿斯。我代表我的民族感谢你接受了特洛伊的这些难民。不管将来特洛伊人的命运如何,你的恩德我们会铭记在心。让神保佑你们的民族吧。"

虽然历经众多磨难,但埃涅阿斯依然神采奕奕。失散的特洛人代表看到埃涅阿斯出现在他们面前,高兴得手舞足蹈。

女王狄多被英俊的埃涅阿斯吸引住了,微张着嘴巴,半天也没有说出话来。好一会儿,她才回过神来,为了掩盖自己的尴尬,她把盯在埃涅阿斯身上的目光转向了别处。

"埃涅阿斯,我从我父亲柏格洛那里听到过许多关于特洛伊的故事,你经历过如此多的苦难,这是怎样的命运啊。和你们一样,我也是被驱逐的人,好不容易才在这里找到了一块宁静的乐土,我尝到了什么是不幸,更知道如何帮助不幸的人们。特洛伊人,我们会尽我们所能帮助你们的。"

说完,狄多命人把特洛伊人引进馆舍,为英雄们摆下盛宴。

埃涅阿斯派阿赫脱斯回船队向其他的特洛伊人报告喜讯,并把儿子阿斯卡尼俄斯接到宫殿里来。

女王狄多之死

女王狄多虽然给予了特洛伊人各种特权,但是,泰尔人的两面派行为着实让维纳斯担心,而且迦太基地区的佑护女神是埃涅阿斯的宿敌朱诺,这怎么能让作为母亲的维纳斯放心呢?想来想去,她终于想出了一条计策。

"丘比特,你去变作埃涅阿斯的儿子阿斯卡尼俄斯的模样,看准时机走近女王狄多的身旁。当她抱起你的时候,你向她灌注爱情的迷毒,使她爱恋上埃涅阿斯。"维纳斯把儿子小爱神丘比特叫到身边。

维纳斯把阿斯卡尼俄斯催眠后藏在她的领地,丘比特便按母亲的意思变作阿斯卡尼俄斯,任由阿赫脱斯牵着他的手朝女王的宫殿走去。

宫殿的大厅里,女王正盛情款待着她的客人们。当阿赫脱斯带着阿斯卡尼俄斯进入大厅时,人们的目光都朝这位英俊的男孩投去。

一切都进展顺利,丘比特变成的阿斯卡尼俄斯把女王心中关于她死去丈夫的形象抹去了,在她心里注入了向往爱情生活的渴望。

狄多举起手中的酒杯,脸色微红地对在座的所有人说:"让我们为泰尔人和特洛伊人的友谊干杯,我们两族人都会永远地怀念这一天的。天父朱庇特、迦太基的佑护神朱诺和赐人欢乐的酒神巴克科斯,也为你们干杯。"说完,狄多从酒杯里抿了一口。

盛宴结束后,埃涅阿斯向泰尔人讲述了他的遭遇。狄多目不转睛地盯着她的英雄,心在剧烈地跳动着。

埃涅阿斯一行人离开宫殿后,狄多在床上辗转反侧,脑子里尽是埃涅阿斯的影子。

"安娜,这可怎么办呢?我不想破坏对我丈夫的忠诚,但我发现我已爱上了那个特洛伊英雄。"狄多把妹妹安娜找来诉说烦恼。

朱诺神庙　公元前 460 年
奥林匹斯山上的朱诺神庙是多利克式神庙的杰作,朱诺是司婚姻和生育的女神,她的婚姻却因朱庇特习惯性的不忠而显得不幸。

罗马神话中的天神朱庇特
朱庇特相当于希腊神话中的宙斯。罗马人从希腊人那里继承了神话,并给每个神以罗马名。

安娜爱她的姐姐胜过了爱她自己,她也非常同情狄多:"狄多,既然女神朱诺把特洛伊人送到了这里,那就证明你的爱情是受神的保护的。勇敢的姐姐,向特洛伊人赠送礼物吧,让他们放弃继续远航的念头,让他们融入我们的民族。"

狄多的热情被安娜煽动得迸出了火花,她放弃了作为国王的骄傲,带着埃涅阿斯参观迦太基的每一栋建筑,每天都举行盛宴招待她心中的英雄。特洛伊人除了感谢外,对远航意大利的概念也越来越淡泊。

天后朱诺看出了狄多对埃涅阿斯火热的爱恋,其实,朱诺并不是想置特洛伊人于死地,她只是不想看到一个强大的特洛伊民族再次崛起。如果能以狄多和埃涅阿斯的结合来使特洛伊民族消失,那样是最好不过的了。

一天,狄多组织了一场狩猎活动,当泰尔人和特洛伊人正竞相追赶着猎物时,天空突然下起雨来。在朱诺的牵引下,狄多和埃涅阿斯躲到一个岩洞下避雨。狄多勇敢地向埃涅阿斯表达了自己的爱恋,埃涅阿斯也早已被爱情迷惑得失去了方向。

在隆隆的雷声中，两个人立下了山盟海誓，各自的心中都烙下了爱情的印记。

不知不觉中，冬天到来了，埃涅阿斯早已忘记了神的指示，再也不提航行的事了。

朱庇特在奥林匹斯圣山上看到发生在迦太基的一切，气愤地从宝座上站了起来："墨丘利，你去告诉埃涅阿斯，他还没有到达目的地，必须起航继续前行。当初我从希腊人手里救下他并不是为了让他能够在迦太基娶妻生子。"

墨丘利遵从父亲的吩咐，从奥林匹斯山直奔迦太基。此时的埃涅阿斯正在建造新的宫殿，他身上披着狄多亲手为他缝制的长袍，看上去已经和一个泰尔人没有什么分别了。埃涅阿斯招呼着工匠们加紧工作，根本没有注意到墨丘利的到来。

"埃涅阿斯，难道你忘记了自己的任务和国家了吗？你在陌生的国家建造城市，而把建造罗马的事忘记了吗？看来，你只是一个拜倒在女人裙下的奴隶。朱庇特命令你迅速离开这里。"

埃涅阿斯听到墨丘利的话后心中一阵悸动，他怎么会忘记建造罗马的任务呢？那是神交给他的，他也将因建造罗马而光耀史册，可自己为什么会在这里呢？埃涅阿斯赶忙把特洛伊人召集到一起，吩咐大家做好准备随时出发。

狄多发现了特洛伊人的计划，其实，埃涅阿斯一直想找个合适的时机把命运的决定告诉狄多，但每每看到心爱的人脸上洋溢着的幸福，他就没有了这个勇气。

狄多发疯似的摇晃着埃涅阿斯的肩膀,埃涅阿斯咽下了巨大的悲伤,丝毫不为所动。

"只要我的身体里还有一丝气息,我就不会忘掉泰尔人的恩德。神命令我去意大利重建特洛伊,恢复普里阿摩斯家族。我必须离开,这一切都是神的旨意。"

狄多彻底绝望了:"离开迦太基吧,去寻找你的意大利吧,但请你不要用神的命令来欺骗我。"

但是,当狄多看到埃涅阿斯的船队准备就绪、升起船帆的时候,她的心在滴血。她知道,谁也无法让埃涅阿斯改变主意,而她只能选择自杀来捍卫她的爱情。

晚上,狄多命人用松树和栎树堆砌起了柴堆,她宣布要举行一场祭祀仪式。祭祀仪式完毕后,狄多悲伤地回到自己的宫殿,登上屋顶的露台,透过东方的朝霞,看到海滨上特洛伊人的船只已经离开了。爱情折磨着狄多,她痛苦地捶打着自己的身体,再次走到祭祀的地方,那里的柴堆上搁着埃涅阿斯的利剑、衣服和一张肖像。狄多抽出埃涅阿斯的剑,扑倒在柴堆上:"解除我的痛苦吧,结束我的生命吧。我建造了一座美丽的城市,但是,这个特洛伊人却搅乱了我的幸福。"说着,她把利剑往胸口刺去。

登陆意大利

强烈的爱灼烧着埃涅阿斯的心，但却再也不能动摇他寻找意大利的意志。不过，他没有想到的是，他的离开造成了狄多以死来殉情。埃涅阿斯受着良心的谴责，他只能以再度迷航来抵偿自己的罪孽。

悲伤的埃涅阿斯站在船头，心里忏悔着，茫然地望着远方。远处出现了一片岛屿，埃涅阿斯认出了那是他们曾经到过的西西里岛。船队在西西里岛登陆，再次受到了岛上居民的热烈欢迎。

天后朱诺看到自己毁灭特洛伊民族的计划又失败后，不由得暴跳如雷。她吩咐她的女使伊里斯去挑拨特洛伊人的关系。特洛伊妇女受到唆使后，对长途航行表示了厌倦，她们暗中烧毁了四艘大船。埃涅阿斯并没有责怪她们，长期遭受的灾难怎么能不使人灰心丧气呢？最后，埃涅阿斯决定把年龄较大的特洛伊人留在西西里岛上。为此，他专门在西西里岛建造了一座城市，让这批人移居到城里，自己则带着一批年轻力壮的人前往意大利。

埃涅阿斯的这次航行非常顺利,平静的大海没有一点儿风浪,特洛伊人烦躁的心情也变得舒朗起来。远处的海岸越来越清晰了。

"看啊,意大利,意大利,一定是意大利。"船上的特洛伊人高兴地跳了起来。

埃涅阿斯深情地望着即将停靠的陆地:"真的是意大利吗?你让特洛伊人经历了多少苦难啊,我们要在这片土地上建立起新的特洛伊,保佑我们吧。"

船队驶入俄斯蒂亚港,特洛伊人走上海滩,进入岸边的一片树林里,他们决定先饱餐一顿再进城打听消息。大家把船上所有的食物都搬上岸来,然后席地而坐,在哄笑中,地上的食物被洗劫一空。

"半人半鸟的哈尔庇曾预言我们把所有食物都吃完后就到达目的地了,这就是我们先祖的故乡,也是我们的新家园。"一个特洛伊人一边说着一边亲吻着这片神圣的土地。

"神预示我们已经到了意大利,但我们还需要打听清楚这里的居民到底是什么性格。"埃涅阿斯兴奋地吩咐着。

临近天黑,探听消息的人回到岸边:"这儿的确是意大利,但它已经分裂成几个国家了,我们脚下所处的地方叫拉丁姆,是拉丁人生息的地方,现在由国王拉丁奴斯治理。由于拉丁奴斯在劳伦图姆宫殿执政,所以,他的臣民们也称自己为劳伦特人。我们还打听到,这条大河叫台伯河,是一位善神的居所。

登陆海岸

在一度迷航后,埃涅阿斯率领的特洛伊船队终于到达了目的地——意大利,这是神给他们安排的重建特洛伊的地方。

这块土地上还没有过屠杀和战争,拉丁人热情、善良,像招待亲人一样招待了我们。"

埃涅阿斯喜出望外,他带领他的臣民走上了这块陌生而又肥沃的国土,并迅速派出使者团,前去拜见拉丁国王拉丁奴斯。

使者们披着漂亮的衣甲,手中擎着象征和平的橄榄枝,在勇敢的伊里俄纽斯的率领下来到劳伦图姆。劳伦图姆是个热闹繁荣的城市,人们挤在街道上赛车赛马,投枪射箭,哄笑声不绝于耳。当他们看到排着长队的陌生人时,立即派人去通知拉丁奴斯国王。使者们被引进国王的宫殿大厅,宫殿宽敞华丽,摆设高雅,国王拉丁奴斯正坐在紫金宝座上。

"亲爱的拉丁奴斯国王,我们是特洛伊人,我们的家园被希腊人毁灭了,在天公朱庇特的指引之下,终于来到了意大利。我们的首领埃涅阿斯是女神维纳斯的儿子,我们带来了他的问候。尊贵的国王陛下,请施舍一块地方让可怜的特洛伊人安居吧。朱庇特曾预言,特洛伊人将在意大利的土地上找到自己的归宿。意大利不会后悔把特洛伊人拥入自己的怀抱里的,瞧,这是特洛伊人给你带来的礼物。"说着,伊里俄纽斯从怀里拿出一只金盏,"这只金盏是埃涅阿斯的父亲安喀塞斯祭祀神明的见证"。

拉丁奴斯接过伊里俄纽斯递过来的金盏,友好地对特洛伊人说:"我并不熟悉你们的种族,但我记得你们的先祖达耳达诺斯出生在这个地方。当你们还在大海上漂泊的时候,我已经从神谕中知道了你们的到来。拉丁人衷心地欢迎特洛伊人来到拉丁姆，拉丁人是农神萨图恩的种族，比你们的种族还要古老，我们执掌公平，遵循古老而又虔诚的习俗。"拉丁奴斯注视着这群特洛伊客人，想起了一则神谕："特洛伊人，我满足你们的愿望。但我的父亲法乌诺斯曾预言，我的女儿不能嫁给当地的男子，而应嫁给一个外来者，而我的任务就是把我的王国交给特洛伊国王。回去告诉埃涅阿斯，让他亲自来见我，他将是我女儿拉维尼亚的丈夫。"

说完，拉丁奴斯命人挑选了百余匹良马，配上漂亮的马鞍，作为送给特洛伊人的礼物，他还给埃涅阿斯备下了一辆由两匹神种快马拉动的战车。

使者们牵着满载礼物的骏马，神采飞扬地回到了岸边的营房。伊里俄纽斯把拉丁奴斯国王的话向埃涅阿斯进行了汇报，埃涅阿斯激动得半天没有说出话来，特洛伊人马上就要和拉丁人融为一体了，神圣的罗马将要在自己手里崛起，怎么能不让他激动呢？那将是怎样的一座城堡呢？埃涅阿斯憧憬着，久久不能入睡。

拉维尼亚的婚事

拉丁姆国王拉丁奴斯膝下无子,只有一个女儿拉维尼亚。自然,国王的全部遗产将落在这个唯一的女儿名下。

拉维尼亚出落成了一个大姑娘,温柔、漂亮、落落大方,来自拉丁姆和邻近地区的求婚者络绎不绝。求婚者不仅艳羡拉维尼亚的美丽,对拉丁姆王位和拉丁奴斯的财产更是垂涎三尺。拉丁姆王后阿玛塔是一个骄傲的女人,她一直想给女儿寻找一位中意的丈夫。

在拉丁姆国的南部,有一个城市叫阿尔特阿,这里的人们称自己为罗图勒人。阿尔特阿国王道奴斯有个儿子叫图尔奴斯,图尔奴斯虽然年少,却勇猛过人。当他得知拉丁姆国王有一个漂亮的女儿时,也来到拉丁姆求婚。

当图尔奴斯出现在宫殿里时,拉丁姆王后阿玛塔兴奋得差点儿跳了起来,图尔奴斯英俊的外表和高贵的血统,与自己的女儿是多么相配啊。但是,拉丁奴斯对这桩婚姻没有任何表示,他早就得到过神谕,他的女儿要嫁给一个外来的人,而在这个外来人身上发展起来的家族命中注定要掌管全球。但是,这个外乡人究竟何时才能到来呢？这个神谕是否准确呢？面对已经到了出嫁年龄的女儿，拉丁奴斯实在不知该如何作出决断。如果神谕中的外乡人一直不出现，难道让女儿等上一辈子吗？因此，拉丁奴斯只能以沉默来应对拉维尼亚与图尔奴斯的姻缘，不过，这些都是埃涅阿斯出现之前的事了。

在拉丁姆国王的宫殿里有一棵桂树。一天，拉丁奴斯看到桂花树上的桂花开了，便命人把桂树祭供给太阳神福波斯，然后在桂树的根基处为福波斯建造起一座神庙。当奴仆们正打算伐倒桂树时，突然树冠上出现了一个硕大的蜂窝，蜜蜂们从蜂窝里嗡嗡地飞出来，叮满了桂树。

这幅画描绘了一位公主神色安详，端起一杯美酒向一位外族青年递了过去，二人遂喜结良缘。反映了作为古欧洲文明发祥地的罗马，外来移民和当地居民和睦相处的情景。

拉丁奴斯唤来占卜师，问这一迹象所指何意。占卜师围着桂树转了一圈，然后来到国王面前："依我所见，一个伟大的人和他的一支军队经过远涉重洋将要来到我们的国度，他最后将统治拉丁姆地区，繁衍起一个伟大的民族，最后他将统治整个世界。"

拉丁奴斯欣喜若狂，一个外乡人将要来到拉丁姆，难道是神谕中的那个人吗？老国王激动得一晚上不能入睡。

没过几天，图尔奴斯派使团来到劳伦图姆，并给未婚妻拉维尼亚带来一顶王冠。在祭坛前，拉维尼亚把王冠戴到发间，正当她要对罗图勒人表示感谢的时候，祭坛上的火苗猛地升腾起来，蹿到拉维尼亚的头发上，拉维尼亚的卷发顿时像着了火一样。王冠里掣起了闪电，拉维尼亚很快被熊熊的烈火包围。瞬间，整个宫殿里都燃起了一片神火。

宫殿上下的人都慌乱得不知所措，不知道这种现象是吉还是凶。占卜师急忙赶来，向拉丁奴斯详示："拉维尼亚和他的夫君将会建立起一个王国，但却也会带来一场可怕的战争，并且，这次战争将毁掉一个国王。"

拉丁奴斯陷入了沉思之中，陌生人将要登上拉丁姆这片土地了，他将建立一个统治全世界的巨大族第，神谕正一步步向这个国家走近啊。于是，拉丁奴斯对罗图勒人的使者说："尊敬的罗图勒人，你们回去告诉你们的国王，神已为拉维尼亚选定了丈夫，所以，拉维尼亚不能答应这门婚事。"

没有办法，罗图勒人只能垂头丧气地回阿尔特阿复命。

过了几个月，几名渔夫报告说他们看到一批海船正向拉丁姆驶过来。拉丁奴斯从宝座上站起来，微笑着："看来，神谕中的埃涅阿斯已经临近我们了，他正站在船上指挥着他的船队。不久，世界将会陷入黑铁时代，战争的火焰将永不熄灭，但却享受着永恒的赞誉。"拉丁奴斯像占卜师一样自言自语。

埃涅阿斯和他的船队终于在拉丁姆登陆了，他们还派了使者向拉丁奴斯述说了特洛伊人的请求。拉丁奴斯欣然地同意了特洛伊人的要求，并给一路劳累的特洛伊人送去了礼物，还让特洛伊使者告诉他们的首领埃涅阿斯，众神已预言，埃涅阿斯将成为拉维尼亚的丈夫，成为拉丁姆大地的统治者。

埃涅阿斯也接受了这一切，眼前似乎已经出现了新建的家园，他陷入了无限的憧憬之中。但是，谁也不知道，一场战争正悄无声息地迫近特洛伊人和拉丁姆人。

朱诺煽动一场战争

埃涅阿斯终于到达了意大利,并且将与拉丁姆国王拉丁奴斯的女儿拉维尼亚喜结良缘。多么幸运的埃涅阿斯啊,不久的将来,一个新的特洛伊将会再次崛起。

在天后朱诺眼里,特洛伊是怎样一个可怕的民族啊,它虽然战败了,但却永不服输,经历了众多苦难,却总是在寻找自己的第二家园。作为天后,朱诺怎能允许自己的敌人有如此的好运呢?

"特洛伊人怎能逃脱我的仇恨的惩罚?我绝不能让维纳斯取得最后的胜利,我身为天后,却斗不过一个女神,众神该如何取笑我啊。阿勒克托,你速去拉丁姆地区,在特洛伊人、拉丁人和罗图勒人之间挑起争端,最好他们之间的战争能使特洛伊民族消失。"朱诺把冥府的复仇女神阿勒克托叫到眼前,恶狠狠地吩咐。

阿勒克托面目狰狞,她头上盘曲的毒蛇似乎也听懂了朱诺的话,发出了吱吱的响声。阿勒克托驾起乌云,来到地面。她先在拉丁姆大地上游荡了一圈,然后潜入拉丁姆王宫的宫殿里。

阿勒克托从头顶上取出一条毒蛇来，把它变作王后阿玛塔脖子上的金项链，然后悄悄地把剧毒注入阿玛塔的皮肤里。

剧毒传遍了阿玛塔的全身，刚才还平静着的阿玛塔开始放声大哭起来。

"拉丁奴斯，你到底是怎么回事儿？竟然把我们的女儿许配给一个无家可归的难民，你不同情我，难道也不同情拉维尼亚吗？难道你忘了图尔奴斯是一个多么英俊的人吗？可怜的女儿啊，快来惩罚你这个残忍的父亲吧。"

阿玛塔向丈夫抱怨着女儿的婚事，但拉丁奴斯丝毫没有动摇。

"虽然图尔奴斯具有高贵的血统，但神的意志不可违抗。"

拉丁奴斯试图说服妻子，但妻子哪里听得进去，她身体里的剧毒正发挥着作用。阿玛塔冲上去要撕扯丈夫的衣袍，被众人拉开了。之后，她便在城内大街小巷狂奔乱跑，诅咒着她的丈夫和那些刚来的特洛伊人。

在这之前，拉丁人不知道什么是战争、什么是厮杀，当阿玛塔的话提醒了他们，他们单纯的思维方式被王后恶毒的话语征服了。

阿勒克托满意地看着这一切，驾起乌云又飞落到阿尔特阿。此时的图尔奴斯正在睡觉，于是，阿勒克托变作一个年老的女人，走近酣睡的图尔奴斯："勇敢的图尔奴斯，美丽的拉维尼亚本该属于你，强大的拉丁姆也应该属于你，可特洛伊人的到来

打破了这一切,难道你真的心甘情愿地把理应属于你的权杖拱手让给特洛伊人吗?你应该武装你的人民,去征讨特洛伊人,把应该属于你的都给夺回来。"

沉睡的图尔奴斯并没有像阿勒克托想象的那样充满仇恨:"是朱诺派你来见我的吧,可我并不希望出现你所说的那些是非。我早就知道特洛伊的船队驶进了台伯河,但这些又与我有什么关系呢?拉丁奴斯说了,这一切都是神的安排,难道你让我与神作战吗?"

阿勒克托见简单的几句话并不能煽动起图尔奴斯的仇恨,于是从头上抽出两条毒蛇:"我是复仇女神,专给人间制造灾难

仇恨火焰的燃起

图尔奴斯本是一位理智的王子,但因为天后朱诺对特洛伊人的厌恶,使他成为这场战争的牺牲品。图为阿勒克托把毒蛇扔向了图尔奴斯,使他瞬间对特洛伊人充满仇恨,完全丧失了理智。

和死亡,难道你能违背我的意愿吗?"说着,她把两条毒蛇扔向了图尔奴斯的身体。

转眼间,刚才那个理性的图尔奴斯不见了,取而代之的是一个发了疯的少年:"拿武器来,我要去征服特洛伊人,给拉丁人一些教训,用他们的鲜血来洗刷我的耻辱。"图尔奴斯从床上一跃而起,一股疯狂的战斗欲望在他的胸腔里翻腾着,他甚至等不到天亮就武装起了一支罗图勒军队,率领他们离开国土,朝拉丁姆奔去。

阿勒克托洋洋得意地看着她的杰作,眼前似乎出现了一场战争,而特洛伊人正是这场战争的牺牲品。这些还不能满足阿勒克托的复仇之心,她又趁着太阳出来之前来到了台伯河畔。

此时的台伯河畔正进行着一场狩猎游戏,埃涅阿斯的儿子阿斯卡尼俄斯追逐着一只雄鹿。这只雄鹿远近闻名,拉丁奴斯的牧场总管蒂耳荷斯让孩子们亲自放牧它,总管的女儿西尔维亚尤其宠爱它。当这头雄鹿发现有人追赶它时，不由得惊慌逃窜，跳进了台伯河。阿斯卡尼俄斯猎兴正浓，哪里肯放过这么好的猎物，他弯弓搭箭，一箭射中雄鹿的腹部。雄鹿拼尽全力游上了岸，拖着鲜血淋漓的身体回到了主人的屋前。当西尔维亚看到眼前的景象时，禁不住大哭起来，她一边给雄鹿包扎伤口，一边呼唤着周围的农民。

不大一会儿，附近的农民就把西尔维亚的家围了个水泄不通。

"拉丁姆国的所有人都认识这只雄鹿，干出这种勾当的人一定是刚来的特洛伊人，而我们的国王却要把女儿许配给特洛伊人，我们一定要把这群恶毒的人赶出拉丁姆。"农民们愤怒了。阿勒克托看准时机，使战斗的号角响遍全国。顿时，拉丁人从四面八方聚集过来，他们手里拿着各式各样的武器，摆开阵式要与特洛伊人决一死战。

阿斯卡尼俄斯看到一群拉丁人朝着自己跑过来，不由得大吃一惊，他引弓搭箭，这一箭不偏不倚正中蒂耳荷斯的儿子阿尔摩的咽喉。特洛伊人的暴行使拉丁人更加愤怒了，女人、孩子，连拉丁姆最富有、最年迈的老人伽莱索斯都加入战斗中来。不幸的是，伽莱索斯也死在了阿斯卡尼俄斯的箭下。

这时，图尔奴斯的部队开进了拉丁姆城，拉丁人与罗图勒人合而为一，一路来到拉丁奴斯的王宫，请求国王批准对特洛伊发动战争。按拉丁人的规矩，当要对外进行战争时，国王应该身穿战争的衣衫，亲自打开亚奴斯神庙的大门。

拉丁奴斯痛苦地在宫殿里走来走去，他可怜他的人民，却又不能违背神意。

"不幸的拉丁人，这一切都是神的安排。如果我们对特洛伊人宣战，将会以自身的鲜血抵偿罪孽，图尔奴斯，你也会难逃上天的惩罚的。"

朱诺早已经等得不耐烦了，她亲自降临到亚奴斯神庙，举手撞击神庙石柱，神庙的铁门轰的一声被打开了，战争的火焰熊熊地燃烧起来。

埃汪特耳的救援

在特洛伊人到来之前，意大利众多国家之间没有发生过战争，人们生活在一片宁静、祥和之中。而现在，由于特洛伊人的到来，整个意大利陷于一片混乱。

拉丁姆的各条道路上尘土飞扬，原野中武器林立，各路军队从四面八方向劳伦图姆陆续挺进。

图尔奴斯一马当先，他头盔上饰着狮头羊身蛇尾的吐火女怪，上面镶嵌的三根羽毛迎风招展，好不威风。一批古老英雄家族的杰出代表率领着拉丁姆人、罗图勒人、西卡尼亚人、奥索尼亚人、奥龙克人的军队，他们后面是佛尔西安人的骑兵队。佛尔西安人的骑兵队由年轻的女王卡弥拉率领，卡弥拉是在与粗野的男人的战斗中长大的，她没有爱恋过任何一个男人，没有像其他女人那样蹲在织机前织过布，她喜欢和男人一样驰骋沙场，建功立业。此时的卡弥拉腰间佩着硬弓和箭袋，手上高擎长矛，她的威武一点儿也不比男人逊色。

早有人把意大利军队云集拉丁姆的消息告给埃涅阿斯，他忙命人构建工事。但特洛伊人如何能抵抗得了比它多出上百倍的敌人呢？于是，特洛伊人做好逃向大海的准备。

一天，忧心忡忡的埃涅阿斯沿着台伯河散步，他是多么希望占领陆地，建设新的特洛伊啊，可眼下，自身都难保又怎能顾得上重建家园呢？要战胜骄傲的意大利人，除了获得援助别无他选，可特洛伊人刚刚到达拉丁姆，要想获得外援是多么困难啊。埃涅阿斯坐在河边休息，想着心事，不知不觉中竟睡着了。

恍恍惚惚中，一位身穿白色衣衫、头顶芦苇圈环的老者从台伯河中升腾而起，他声音洪亮地对埃涅阿斯说："大英雄埃涅阿斯，不要害怕，我是河神台伯律奴斯，朱庇特已经给你安排好了将来，所以你大可不必为意大利人的进攻而烦恼。你一会儿可沿着台伯河向前走，在一丛橡树林中会发现一只大母猪，它生下了三十只小猪，那里将是三十年后你儿子阿斯卡尼俄斯建立罗马之母阿尔巴城的地方。你把母猪和小猪献祭给朱诺，

青铜吐火怪像
在战斗中，一马当先的图尔奴斯头盔上饰着的就是此形的狮头羊身蛇尾吐火女怪。

以平息她对你的仇恨,然后接着往前走到一块山地为止,那里是帕朗图姆城,是亚加狄亚的珀拉斯癸人移居的地方,国王叫埃汪特耳。图斯克人与拉丁人有不共戴天之仇,你将从他们那里获得援助。"台伯律奴斯说完就不见了。

埃涅阿斯醒来后,按照河神的指示往前走,果然在一棵橡树底下发现了一窝野猪。把这些猪祭献给朱诺之后,埃涅阿斯赶忙回到营地,把神的预示对大家说了。然后他挑选了两艘大船,率领一部分人沿着台伯河向前航行。

夏天的台伯河像是一面镜子,沿途的绿树丛林给台伯河增添了不少神韵。特洛伊人的船只在台伯河上航行了一天一夜后,远处耸立在山坡上的城堡终于出现了。

这天,亚加狄亚国王埃汪特耳和儿子帕拉斯正忙着给赫丘

河神
在埃涅阿斯遭到意大利当地民族挥戈相向时,台伯河神台伯律奴斯帮了他;他后来当上意大利新国王后对台伯河十分眷顾,台伯河也成了意大利的母亲河。

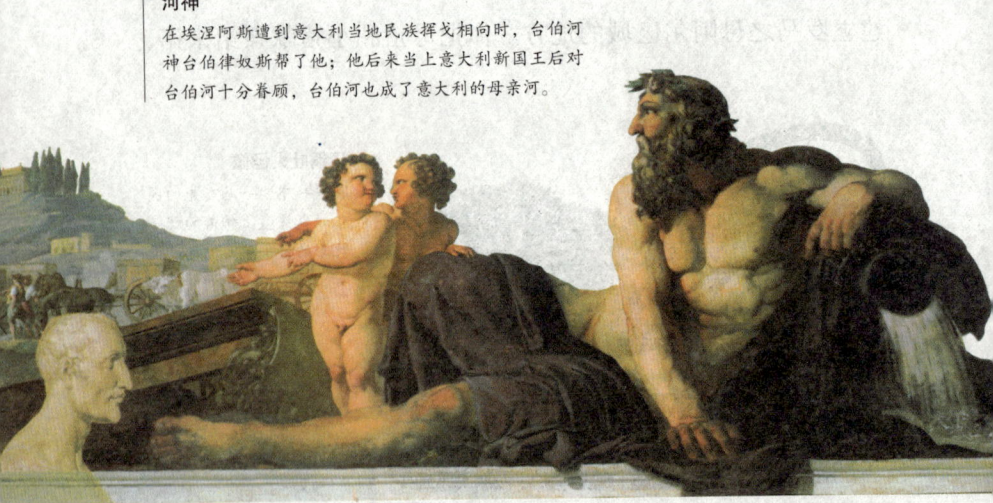

利准备年祭。亚加狄亚人聚集在祭坛前正要献祭时，突然有人大喊道："看啊，一队陌生人正沿着台伯河朝我们驶来，他们是送来战争的吗？听说拉丁姆上空已战云密布了。"

大家朝台伯河望去，不由得警戒起来。"尊敬的亚加狄亚人，我们是特洛伊人，意大利人正准备用明晃晃的武器击杀我们，可怜的特洛伊人遭受了特洛伊城的毁灭，如今又面临着巨大灾难。所以，在神的指引下，我们特来向亚加狄亚求援。"埃涅阿斯高举着象征和平的橄榄枝站在船头向城堡里问话的守卫高声喊道。

当守卫听到"特洛伊"三个字时，忙向国王埃汪特耳报告。国王的儿子帕拉斯兴奋不已，他一边整理着自己的衣衫一边激动地对父亲说："特洛伊人，特洛伊人来到我们这里了，那是多么勇敢的一个民族啊，能够结识这批闻名天下的英雄是多么荣幸啊。父亲，我这就把他们接来。"帕拉斯不等父亲作答便走出了城堡来到台伯河岸边。

"欢迎你们，勇敢的特洛伊人，我是王子帕拉斯，我带你们去见我的父亲。"埃涅阿斯一行人被带上了岸，来到了国王的宫殿里。国王埃汪特耳的宫殿很简陋，亚加狄亚人是乡村牧民，他们并没有什么贵重的珍宝，所以这里的宫殿像是茅草房，城里居民的住所更不用说了，要多简单有多简单。

埃汪特耳坐在宝座上，仔细打量着陌生的客人。

"埃汪特耳国王，我是安喀塞斯的儿子埃涅阿斯，带领特洛伊人在神的指引下来到意大利,但意大利人像对仇敌一样对待我们。我们势孤力单,难以和他们抗衡,不得不来求助友好的亚加狄亚人。"埃涅阿斯向埃汪特耳陈述着自己的意图。

"高贵的特洛伊人,你们的名字我并不陌生。当我还是一名年轻武士时,你的父亲和普里阿摩斯曾路过亚加狄亚。特洛伊人都是英雄,我是怀着无比敬畏的心情迎接他们啊。当然,我更不能忘记你父亲安喀塞斯,因为他临别时曾把利箭赠送给我,他还送给我一件金丝质战袍和金辔具。现在这些都由我儿子帕拉斯保管。为了报答你们,我多希望和你们一起作战,可我老了,而我的国家非常穷困,连给你们添置锋利的武器都难以办到,不过,我倒是可以给你们出一些主意。离开这里后,你们可以前往伊特卢利阿的阿格拉城,那里的国王墨策提沃斯前不久被居民们驱逐,但这个被驱逐的国王却在图尔奴斯那里得到了友好的接待,图斯克人和图罗勒两族人因此结了仇恨,在那里,你们将得到一支强大的军队。"

离开了埃汪特耳的宫殿,特洛伊人走进了亚加狄亚人为他们安排的住处,美美地进入了梦乡。

埃涅阿斯的盾牌

特洛伊人与意大利各族人的战争一触即发。

一天傍晚,维纳斯走近丈夫火神伏尔甘的身边:"亲爱的伏尔甘,瞧你锻造的武器是多么精良啊,恐怕天底下没有一个人能锻造出这样的武器吧。朱庇特宠爱的特洛伊人正面临着一场战争,而我的儿子埃涅阿斯正是特洛伊人的首领,他还没有一件像样的武器,你要是能替他打造一件那该多好啊。"维纳斯以少有的柔情对丈夫说。

对于天公朱庇特宠爱特洛伊人,伏尔甘也早有耳闻,而且他知道特洛伊人埃涅阿斯是爱妻维纳斯的儿子。伏尔甘是多么想取悦妻子啊,这真是个绝好的机会。

伏尔甘答应了妻子的请求后,迅速动身前往埃得纳火山,那里有他的炼铁作坊。伏尔甘刚一走近埃得纳火山就听到铁锤打在铁砧上的声音当当作响,他纵身从火山口跳进去,看到作坊里火花飞舞,库克罗普斯巨人们正率领着无数奴仆忙着炼铁,已经炼好的各式各样的兵器摆在旁边的兵器架上,其中有天公朱庇特的一把利剑,有战神玛尔斯的战车,还有太阳神福波斯的一把弓箭。

"把你们手里的工作都停下，"伏尔甘站在一个较高的位置上，以使大家都能看到他，"现在我交给你们一项新的任务，我们要给特洛伊人的英雄埃涅阿斯打造一件武器。战争马上就要开始了，我们必须在明天天亮之前完成它。"

众奴仆一听要给英雄打造武器，自然高兴得不得了，他们齐心协力，把自己最精湛的技艺都倾注到这件武器之上。不大一会儿，一块巨大的盾牌成形了，那是由七块烧红的铁板锻造而成，最后一层盾面上布满了美丽的花纹，它叙述了罗马的历史。此外，伏尔甘还为埃涅阿斯锻造了一把利剑、一条护腰的金带、一套铁铠甲。

维纳斯赠战甲给埃涅阿斯　法国　普桑
维纳斯用往日少有的温情请求丈夫伏尔甘为她和安喀塞斯的儿子埃涅阿斯打造了铠甲、利剑和坚盾，趁埃涅阿斯小睡的时候放在他身旁，盾牌上刻着记述古罗马未来历史的神谕。

在帕朗图姆城，国王埃汪特耳正盛情款待客人们，亚加狄亚人端上了丰盛的饭菜和飘着清香的葡萄酒。大家围坐在一起，举杯痛饮。埃涅阿斯多么想与这位老国王多待几日，但神命在身，他不得不于第二天清晨向埃汪特耳国王告别。

　　"亲爱的埃汪特耳国王，虽然特洛伊人很想在此与亚加狄亚人民共同享受这美好的太平盛世，但是，意大利人正虎视眈眈地准备向特洛伊人发动进攻。我们必须起航了，去寻求图斯克人的支援，对于你给的这个主意我们将不胜感激。"

　　年迈的埃汪特耳国王望着眼前的英雄有些依依不舍："特洛伊的勇士们，对于不能给予你们更大的帮助我表示遗憾。这些马匹就当我送给特洛伊人的礼物吧。埃涅阿斯，那匹最好的骏马应该属于你，当年你的父亲送给我那么贵重的东西，而我却只能以此来回赠你。"

　　这时，早有人牵过来数匹良马，其中有一匹马皮毛呈黄褐色，状如狮子，马蹄上还裹着黄金。埃涅阿斯对亚加狄亚人一再表示感谢，但神已经在命令特洛伊人加快前行了。

　　特洛伊人刚离开帕朗图姆城不久，就看到身后有一队人马朝这边跑来，原来是年轻的帕拉斯率领着四百名骑兵奔驰而来。

　　"埃涅阿斯，我父亲因不能出征，特命我带一队骑兵来支援你们。他还让我转告你，众神会保佑特洛伊人的，他会时刻为特洛伊人祷告的。"帕拉斯向埃涅阿斯陈述着埃汪特耳的话。

埃涅阿斯感动得热泪盈眶,这四百骑兵对特洛伊人是多么重要啊!他紧紧抓住帕拉斯的手,回头望了望渐渐远去的帕朗图姆城,用庄严的肃目礼表示对国王埃汪特耳的感谢。

这一天,经过紧张的奔波,特洛伊人来到了一个幽静的山谷,山谷四周是一片茂密的树林。埃涅阿斯命令大家坐下来休息,他也在一棵高大的桦树底下打起了盹。

自从埃涅阿斯从帕朗图姆城出来,维纳斯就一直跟着儿子,想找一个合适的机会把伏尔甘锻造的武器交给儿子,眼下正是个好机会。维纳斯走近埃涅阿斯,呼唤着他的名字,把盾牌、利剑和盔甲放在儿子脚下。

埃涅阿斯睁开眼,看到母亲维纳斯站在面前,眼里不禁闪出着幸福的泪花,张开双臂想要拥抱母亲,但维纳斯已化成一道云雾蓦地不见了,只留下一句话在空中回荡:"孩子,不要害怕,拿起这些武器大胆地去战胜那些骄横野蛮的敌人吧,我会随时保护你和特洛伊人的。"

这时候,埃涅阿斯看到了放在脚下的闪闪发光的武器,多么精良的武器啊!他忙用这些武器把自己武装起来,走到一条小溪边,对着溪水照了又照,喜爱得都不想脱下来。埃涅阿斯举着手里的盾牌,左看右看,上面布满的文字和图像到底是什么意思呢?那是伏尔甘根据天公朱庇特的要求画的神谕,是有关罗马未来历史的神谕,只有众神才能看懂,凡人是无论如何也不能知晓的。

图尔奴斯兵临营房

朱诺是个充满仇恨的女神,虽然埃涅阿斯已经用一头母猪和三十只小猪对她进行了祭供,但还是不能消除她对特洛伊人的怒火。朱诺把女使伊里斯叫到身边,眼里放射出凶狠的目光:"去告诉图尔奴斯,埃涅阿斯已经到了帕朗图姆,已经得到了埃汪特耳的支援,现在正前去阿格拉城请求图斯克人的支援。愚蠢的图尔奴斯怎么还不开始行动呢?传达我的命令,让图尔奴斯乘虚袭击留在拉丁姆的特洛伊人。埃涅阿斯虽然只带走了少数人,但留下的人群龙无首,是很容易被制服的。等埃涅阿斯一回来,看到特洛伊的营盘已被夷为平地,你猜他有什么样的表情呢?"朱诺边说边想,禁不住哈哈大笑起来。

伊里斯把朱诺的旨意向图尔奴斯进行了传达,他立即命部队向特洛伊的营地进发。图斯克前国王墨策提沃斯领兵先行,图尔奴斯的部队居中,蒂耳荷斯和他的儿子们次之。意大利军队浩浩荡荡地朝台伯河岸疾奔而来。

"伙伴们,快拿起武器来,意大利人来进攻我们了。"透过飞扬起的尘土,特洛伊哨兵终于看清了庞大的意大利军队。留在营地的所有特洛伊人都集合起来了,他们迅速进入战壕,按照埃涅阿斯临走时的吩咐封锁了各座营门。

图尔奴斯是个急性子,他抛下大队人马,自己先率领一队骑兵,出其不意地出现在特洛伊人的营房前。图尔奴斯围着战壕转了一圈,希望能找到一个缺口冲进对方的阵营,但特洛伊人固守不出。图尔奴斯把手中的标枪朝特洛伊人的方向投去,高声喊道:"怯懦的特洛伊人,你们的勇气到哪里去了?是不是被意大利人的武器吓破胆了?为什么不到野外来拼杀呢?"但不管图尔奴斯怎么叫嚣,特洛伊人就是不出战壕。

猛然间,图尔奴斯眼睛瞥到了停泊在台伯河上的一排排船只,他高兴地命令他的士兵们:"快去拿火把把那些船烧掉,特洛伊人想从海上逃跑,看来连神都在帮我们,我要让他们逃跑的希望彻底破灭。"

此时,意大利的大部队也来到了台伯河畔,他们听到图尔奴斯的命令,迅速跑到附近找来一些木柴,点燃后扔向了特洛

严阵以待的特洛伊将士们
早在特洛伊战争时,特洛伊人的勇敢和钢铁般的意志就为希腊人领略,而如今罗图勒和拉丁姆人也体会到了特洛伊人的坚忍,尽管对方人多势众,但特洛伊人毫不畏惧,站岗放哨毫不懈怠,密切注视对方的动向。

纯真之泉　法国　古戎
神赋予了特洛伊人的船只灵性,当图尔奴斯企图把这些船只烧毁时,这些船只却像有了生命一般,扯断缆绳后潜入水底,冒出水面后的船只竟成了一个个风姿绰约的少女。

伊人的船只。

当年,埃涅阿斯造这些船只时使用的是爱达山脚下的神木,爱达山上的众神曾乞求朱庇特:"万能的神啊,满足我们的要求吧,我们要把爱达山脚下的一片槭树和松树交给一个特洛伊人造船,可用这些神木造的船也会遭受到风浪的冲击啊,请保佑这些船只让它们免遭各种危险吧。"

朱庇特思考片刻:"不遭遇任何风险是做不到的,但我可以答应你们,当这些船到达目的地后,它们可以成为神器,或是成为永远生活在大海上的仙女。"正是朱庇特的许诺保护了这些船只,否则,特洛伊人的船队将会被彻底烧毁。

当意大利人把手里的火把扔到船上的时候,天空突然出现了一道亮光,接着是一阵震耳欲聋的雷声,一个神奇的声音从空中传来:"图尔奴斯,除非你先把大海烧着了,否则你是烧不毁这些船只的。特洛伊人,你们不必急着去抢救船只,这些船是烧不毁的,因为朱庇特已经赋予了它们灵性。船只们,你们已经变成了海洋中的女神,去大海中试试你们的威力吧。"

雷声消失了,闪电也不见了,但眼前发生的景象让所有的人大吃一惊:船只像有了生命一般,扯断缆绳后潜入水底,冒出水面后的船只竟成了一个个风姿绰约的少女。

意大利人开始后退,战马吓得引颈长鸣,台伯河的水也停止了流动。意大利人相信这是神在保佑特洛伊人,人怎么可以与神作对呢?但图尔奴斯却保持着镇静:"难道你们真的相信这是神在保佑特洛伊人吗?为什么不相信这是反对特洛伊人的吉兆呢?虽然特洛伊人的船只没有被我们烧掉,但它们已经不存在了,朱庇特已经剥夺了特洛伊人逃出拉丁姆的希望。成千上万的意大利人站在一起,难道还不能把特洛伊人打败吗?你们看啊,他们已经无路可逃了。"在他的安抚下,慌乱的人群稍稍平静了一些。图尔奴斯命令墨萨帕斯把特洛伊的各道营门包围起来,其余的人则在草地上驻营扎寨,等候战机。

勇敢少年尼素斯和欧律阿罗斯

大敌当前，特洛伊人轮流站岗放哨，这些放哨的特洛伊人当中有两个亲密无间的好朋友——尼素斯和欧律阿罗斯。尼素斯的年龄比欧律阿罗斯稍大一些，欧律阿罗斯还是个没有长胡须的少年，但他非常勇敢，凡是需要勇气和胆量的时候，他都会挺身而出。当然，这时候总也少不了他的朋友尼素斯。两人非常友好，并肩作战，在意大利人进攻特洛伊人时，他们又共同把守一座城门。

尼素斯与欧律阿罗斯留心地观察着意大利人的动静，小声地议论着战事。

"欧律阿罗斯，你看那些图罗勒人，他们是多么盲目自大啊，竟敢在我们眼皮底下饮酒作乐，表明了一点儿都不怕我们，难道我们特洛伊人真的那么怯弱吗？想当年我们的祖先是多么勇敢啊。而我们为什么还要待在营房里呢？围墙外面的敌人只亮着几堆火，他们肯定是睡着了，我们应该采取一些行动了。"尼素斯脸涨得通红，眼睛瞄着外面的图罗勒人，咬着牙对欧律阿罗斯说。

"可是，尼素斯，埃涅阿斯出发前，命令我们只能坚守，我看还是不要冒险的好。"欧律阿罗斯紧张地望着他的朋友。

"欧律阿罗斯，我想冲出营去，跃过敌人的营房去帕朗图姆城迎回埃涅阿斯。我们不能老是死守，否则特洛伊人连尊严都失去了。埃涅阿斯还不知道他的臣民们被包围的事，我相信，埃涅阿斯回来后就会迎来特洛伊人的胜利。"尼素斯望着远方的眼神越来越坚定了，"我的这个愿望太强烈了，我要先去找姆纳斯透斯和塞勒斯图斯他们商量一下。不过，你要留在这里，我一个人去就足够了。"姆纳斯透斯和塞勒斯图斯是埃涅阿斯临行前任命的部队总管。

"尼素斯，难道你认为我是看重自己生命的人吗？你以为我比你年轻就怕死了吗？如果你真这样认为，我无话可说。可是我们同甘共苦，一起渡过了那么多艰难险阻，你还不了解我吗？在我眼中，荣誉也是高于一切的。"欧律阿罗斯脖子上的青筋暴起，举着胳膊，想以此向朋友证明自己的强壮。

尼素斯把脸转向欧律阿罗斯，激动地说："我知道你把特洛伊的平安看得比生命还重要，但是，你怎么就不明白我的心意呢？如果我被敌人抓走，你可以设法救我；如果我阵亡了，你可以替我收尸，那样我死后也会感到欣慰的。而且，在你母亲眼里，你是多么重要啊，我怎么能平添一个母亲的忧愁呢？"

"可是，尼素斯，如果我的母亲知道我苟且偷生，你想她会原谅我吗？如果你死了，我还有脸独活吗？尼素斯啊，难道你真的愿意丢下我吗？"

在欧律阿罗斯的请求下，尼索斯同意带着他一起去找首领们，当二人走进临时的会议大厅时，首领们正在进行移居的讨论。

"考虑一下我们的建议吧，我们发现了一条岔路，那里敌人防守最薄弱，如果运气好的话，我们可以从那里爬出包围圈。我和欧律阿罗斯将愿意充当送信的人，用不了多长时间，我们就会等到埃涅阿斯的援兵了。"尼索斯热情洋溢地向首领们表达着自己的想法。

首领们被这两个年轻人的勇气折服了，对他们的想法也表示赞赏。经过商议，他们同意了这两个年轻人的提议。特洛伊人把尼索斯和欧律阿罗斯送到营门前，在众人的嘱咐中，两个年轻人越过壕沟，趁着夜幕的掩护来到了罗图勒的营房。

罗图勒的哨兵全睡着了，醉醺醺地躺在草地上，武器也散放在一旁。尼索斯查看了一下地形，然后小声地对欧律阿罗斯说："你在我后面跟着，我把这些敌人杀死后咱们从中间穿过去。"说着，尼索斯挥动着利剑，朝躺在草地上的敌人一剑一剑地刺去。可怜这些放哨的罗图勒人，没有一点儿反抗就成了刀下鬼。

尼索斯像一头饿狼扑进了羊群，一路砍杀。欧律阿罗斯也不示弱，他把尼索斯没有杀死的人又补上了一刀。

两人一路杀出了很远，草地上横尸一片，空气中散布着血腥味。

"欧律阿罗斯,我们还是趁着敌人没有醒来赶快冲出去吧,不要忘了我们的主要任务啊。"尼素斯小声地对他的朋友说。

欧律阿罗斯已经杀红了眼,但尼素斯说得有理,他只好停下手中的剑,拾起地上一个闪闪发光的头盔戴在自己头上。

"瞧,这顶头盔我戴着正合适,看来这是罗图勒人专门为我设计的。走吧,朋友,我们马上离开这里到帕朗图姆去。"两个人离开了罗图勒人的营房,来到了野外的小路上。

突然,一队骑兵从小路上急奔而来。这只骑兵是从劳伦图姆城内开出来的,是专门去援助图尔奴斯的。骑兵首领伏尔斯肯斯看到一顶头盔在月光底下闪着亮光,顿时提高了警惕。

"喂,你们两个大半夜的要到哪里去?"两个年轻人没想到会遇上敌人,听到喊声后慌忙逃进了路旁的树林里。

伏尔斯肯斯心里马上明白了一二,他俩肯定是特洛伊人前去求援的士兵。于是,他命令骑兵们封锁了附近的出口。

尼素斯好不容易从树

古罗马步兵
身披盔甲的重装步兵,左手持盾,迈着矫健的步伐参加操练。这种步兵是城邦卫队的主力。

林中逃了出来，但他回头却不见了欧律阿罗斯。

"他去哪里了呢？难道他为了救我去送死了吗？这个傻瓜，他怎么可以放弃希望呢？我这不是跑出来了吗？可要到什么地方找他呢？"尼索斯向众神祈祷，一转身又回到了树林里。

一阵马蹄声传来，尼索斯从丛林的缝隙里看到了被制服的欧律阿罗斯正趴在马背上，腿部似乎受了重伤。

"欧律阿罗斯，你可是我最好的朋友，如果我救不下你，我怎么对得起自己的良心呢？众神啊，保佑我击败这支队伍吧，胜利后我将给你们献上最好的祭品。"说着，他竭尽全力地向敌人投出了自己的长矛，然后像猛虎一样冲出丛林，朝着驮着欧律阿罗斯的马奔去。

"看来只有用你的血才能为刚刚死去的拉丁人雪耻了。"伏尔斯肯斯举起手中的利剑朝着马背上的欧律阿罗斯砍去。尼索斯大声喊叫着，一个箭步冲上前去，但朋友的脑袋已经滚到地上。尼索斯疯狂地把手中的长剑朝伏尔斯肯斯戳去，伏尔斯肯斯躲闪不及，长剑刺中了他的咽喉。尼索斯扑到欧律阿罗斯的尸体上痛哭起来，却不料身后的拉丁骑兵正朝着他的方向放箭。

可怜两个年轻英雄壮志未酬便去了另一个世界，但他们的英名将与日月同辉，与罗马的历史齐寿。

围攻特洛伊人

尼索斯和欧律阿罗斯没有能够完成他们的使命便牺牲了，特洛伊人哀悼了这两个遇难的年轻人，并传颂他们的故事。而两个特洛伊人的死却给了罗图勒人极大的鼓舞，图尔奴斯命士兵吹响了号角，并带领罗图勒人冲向特洛伊人的战壕。

特洛伊人也不甘示弱，他们从长期的战斗中总结了足够的防守经验，看到敌人来势汹汹，他们把火器朝着冲来的罗图勒人的队伍中部投掷。只听轰的一声，火器在罗图勒人中部落地，被击中的罗图勒人被烧成了火球，周围的人慌作一团。特洛伊人还把石块砸向罗图勒人的盾牌，罗图勒人左右闪躲，但依然伤亡惨重。

一批一批的罗图勒人向特洛伊人的战壕涌来，他们在特洛伊人防守稀疏的地段架起了云梯。云梯上爬满了人，攀悬上城头的人被城上的守卫用长矛扫落到地上。罗图勒人不断地向上爬，也不断地有人从城头掉下去。

特洛伊人的战壕内有一塔楼，通过浮桥与营房前的城墙相连。图尔奴斯在塔楼下转了好一阵子，心想：如果从高大

陶绘战斗图景
迈锡尼时期的艺匠在这只器皿上用重彩浓墨精心描绘出了古代勇士的英姿。

的城墙攻进劳伦图姆城是相当不容易的,如果从这个塔楼入手,说不定会有所收获。想到此,图尔奴斯命令罗图勒人集中力量攻打塔楼。不过,特洛伊人早组织了弓箭手向城墙下猛烈射击。

罗图勒人的大量伤亡使图尔奴斯意识到这种攻城的方法难以奏效,于是他站到一块比较有利的地方,然后奋力地向浮桥上投掷了一根火把,火把烧着了板壁,火势迅速地蔓延开来。特洛伊人根本没有注意到浮桥着了火,他们正与罗图勒人进行着激烈的厮杀。守卫的特洛伊人还没有来得及逃跑,塔楼便轰的一声倒塌了。罗图勒人一拥而上,踏过废墟,朝战壕猛冲过来。

阿斯卡尼俄斯最擅长使用弓箭,他曾射杀了蒂耳荷斯的大儿子阿尔摩和拉丁姆老人伽莱索斯,当他看到罗图勒人涌向战壕时,弯弓搭箭,这一箭正中图尔奴斯妹妹的丈夫雷姆罗斯。

当阿斯卡尼俄斯再次举起箭时，太阳神福波斯阻止了他："孩子，你该满足了，你已经射杀了罗图勒的一位英雄，太阳神命令你不能再战了。"特洛伊人看到太阳神显灵，忙叩首祈祷，并把阿斯卡尼俄斯送离了战场。

此时的图尔奴斯正在另一侧进行战斗，当他听到罗图勒人被击退的消息后，带领士兵冲了过来，在特洛伊人中杀出一条血路，一直来到特洛伊的营房大门前。

守卫大门的巨人兄弟潘达洛斯和皮梯阿斯是透克洛斯族人，兄弟俩为了寻找跟罗图勒人面对面地进行搏斗的机会，作出了一个大胆的决定。图尔奴斯正在为不知怎么才能攻破大门而苦恼时，门吱的一声开了。发生的事情并没有巨人兄弟想的那么简单，门打开后，罗图勒人如潮水一样涌了进来，兄弟俩不由得往后撤。

图尔奴斯一马当先，一枪把皮梯阿斯挑翻在地，皮梯阿斯大叫一声，伤口处顿时血如泉涌，眼睁睁地看着罗图勒人从他的身体上踩过。特洛伊人的防线彻底崩溃了，在罗图勒人的逼迫下开始四散溃逃。图尔奴斯一路砍杀，朝特洛伊人的中心大营奔去。此时，增援的罗图勒人也正在向营门冲来。

潘达洛斯看到弟弟被罗图勒人杀死，悲伤万分，他强忍住痛苦，用宽大的肩膀顶着敞开的大门，直到把大门重新锁起来。结果，许多特洛伊人被关到了门外，他们与罗图勒人激战不已。然后，满头大汗的潘达洛斯愤怒地挡住了图尔奴斯的去路，大吼一声:"受死吧,在敌人的营房里,你休想活着出去,我要为我的兄弟报仇。"说着,他从地上捡起一根长矛,狠命朝图尔奴斯投去。

图尔奴斯并没有注意到眼前出现了一个巨人,如果不是朱诺把枪尖引开的话,这个罗图勒的英雄肯定早就毙命了。图尔奴斯腾身跳起,怒斥潘达洛斯:"今天我就让你去普路托那里报到。"话到剑到,潘达洛斯的脑袋滚落到地上,吓得特洛伊人目瞪口呆。

战壕前的罗图勒人一直等待着里面的首领得胜后能打开营

特洛伊城郊外的防御城墙遗址。在特洛伊战争期间,它起到了防御希腊人的作用,城破之后,希腊人彻底毁坏了这座著名的防御墙。现在,只剩下残墙在诉说着过去的历史。

门，但此时的图尔奴斯完全被一股杀气笼罩。他一路向前，进入了特洛伊营房的纵深地带。

特洛伊人死伤惨重，一些人甚至被吓得浑身发抖。

"可是，我们应该往哪里逃呢？这里是我们的营房，我们的敌人只有一个，难道这么多人竟不能阻挡住一个敌人吗？我们辛辛苦苦才来到了意大利，难道我们要放弃重建家园的重任了吗？"特洛伊人姆纳斯透斯的一句话提醒了正在逃跑的伙伴们，他们停下了脚步，重新投入战斗之中。

特洛伊人慢慢地与图尔奴斯拉开了距离，然后把手中的长矛和投枪投向了图尔奴斯。此时的图尔奴斯也感觉到了疲倦，他甚至没有力气杀回到门口。在朱诺的帮助下，他才不致让特洛伊人投过来的武器刺中。他一路躲闪，一路朝台伯河边杀去。

台伯河出现在图尔奴斯眼前，他转过身来，感到危险就悬在他的头顶，他朝着天空祷告着："令人敬畏的众神之母，在你的保护下我已经享有了太多的荣誉，对此我非常感激。看来结束战斗的时刻快要到了，我没有退路，也不想逃跑，既然没有了生还的希望，那么我将把自己托付给台伯河。"说完，图尔奴斯背朝特洛伊人，纵身跳入了水流湍急的台伯河。

台伯河接纳了图尔奴斯，并用平稳的流水把罗图勒英雄救出了特洛伊人的营地。夜幕降临了，冰冷的月光映照着台伯河，河岸两侧的尸体成了拉丁姆大地第一批用于祭祀的"牺牲品"。

埃涅阿斯回到营房

正如亚加狄亚国王埃汪特耳所预言的那样,埃涅阿斯在图斯克国的阿格拉城受到了热情的款待。国王不仅把伊特卢利阿人的部队跟特洛伊人合在一起,还号召所有伊特卢利阿人的同盟城市共同参加到对意大利的战争中来。

埃涅阿斯再三对图斯克国王表示感谢后,便起程回拉丁姆的营房。他命令亚加狄亚的骑兵和图斯克人的骑兵从陆地上先走,自己则率领一支巨大的船队驶入台伯河。

夜已经很深了,埃涅阿斯还是睡不着,他独自坐在船头,望着漆黑的夜幕不禁陷入了深思。

"怎么会出来一队少女呢?难道是在做梦吗?"埃涅阿斯揉了揉眼睛,他并没有看错,一队仙女正围着战船翩翩起舞。

"伟大的埃涅阿斯,我们是特洛伊的旧船啊,罗图勒人想把我们烧毁,由于神的怜悯,我们才得以逃脱,变成了海上仙女涅瑞伊得斯。快些航行吧,你的儿子阿斯卡尼俄斯正被罗图勒人包围着,你应该在天亮前赶到台伯河口,然后迅速投入这场战斗中去。"一个长着卷发的仙女向埃涅阿斯诉说着。

埃涅阿斯大吃一惊,看来战争已经开始了,留在营地的特洛伊人一定面临着巨大的危险。埃涅阿斯向仙女们表示感谢,请求她们把船的速度加快些。听到埃涅阿斯的请求后,仙女们沉入水中,每人推动一只大船,船队竟在波浪间飞驰起来。

当晨曦初现时,船队驶入了台伯河口。埃涅阿斯想起仙女的盼咐,站到甲板上,高举金光闪闪的盾牌。特洛伊人从城墙上看到了航行的船只,看到了像是从大海中升起的闪着万丈光芒的盾牌,发出一阵欢呼声,不由得勇气倍增,又纷纷把投枪朝罗图勒人掷去。

罗图勒人诧异特洛伊人为什么会突然变得如此兴奋,当看到台伯河上帆樯林立,倒吸了一口冷气。图尔奴斯倒是镇定自若:"你们不是一直在盼望着杀敌的机会吗?争取荣誉的时刻已经到来,战争之神亲自把他们交到你们的手中,相信胜利是属于罗图勒人的。"在图尔奴斯的鼓舞下,罗图勒人一起朝海边涌了过去。

此时,准备登陆的特洛伊人和从埃涅阿斯船上下来的同盟兄弟们一部分穿过浮桥来到野外;另一部分拼命摇橹,他们不想在齐膝深的港道海水中登陆。

埃涅阿斯发现前面有一块平坦的沙地,便命令大家:"把船向前划,让我们的船靠岸,随时准备拼杀。"船只长驱直入,一直驶到海湾的碎石堆前。船只刚一靠岸,特洛伊人便呐喊着迎上前来,跟留在拉丁姆的部分士兵会集在一起,然后准备迎战。

图尔奴斯看到特洛伊人登陆,急忙调集部队,沿着河岸布置防守。处于前后夹击下的罗图勒人已显得非常被动,他们想尽了一切办法去重创特洛伊人,但已不如先前那样得心应手了。

亚加狄亚人在帕拉斯的率领下在一条小溪边厮杀。亚加狄亚人是生活在马背上的民族,他们不习惯拉丁姆地区的高低不平,不善于陆地作战,因此他们难以抵挡拉丁人和罗图勒人的进攻,四散溃逃开去。

正在混战的帕拉斯看到了人群中的劳素斯,劳素斯是被驱逐了的伊特卢利阿人国王墨策提沃斯的儿子,也算得上一位少年英雄。好胜心强的帕拉斯大声吆喝着:"劳素斯,你敢和我单独决战吗?亚加狄亚和伊特卢利阿都是勇敢的民族,让我们彼此都为了自己的民族荣誉而战吧。"

劳素斯也不示弱,提剑便朝帕拉斯奔来。

"住手,劳素斯,帕拉斯应该死在我的手下,可惜埃汪特耳不在,他应该亲眼看到他儿子的下场才对。"正当劳素斯快要与帕拉斯交战的时候,图尔奴斯驾着战车飞驰过来。

看着趾高气扬的图尔奴斯,帕拉斯毫无惧色:"我宁愿光荣地死去,也不愿意退后一步,我父亲会为我的死而感到骄傲的。图尔奴斯,拿起你的武器吧。"帕拉斯手执长矛,坦然地步入拉丁人和罗图勒人的队列中。

图尔奴斯从战车上跳了下来,扑向帕拉斯。当两人相距只

古罗马陶绘
充满神话意义的战斗场面,常是艺匠着力表现的题材,部落间的战争为罗马文明打上一道深深的烙印。

有一箭之遥时,帕拉斯奋力将手中的投枪掷出,投枪正好击中图尔奴斯的盾牌,只是由于盾牌坚硬,图尔奴斯的身上只划出了一道口子。

"难道你不觉得你还是一个吃奶的孩子吗?瞧,你是那么没有力气。现在该轮到我了,可惜你看不到你身体被穿透的壮观场面了。"图尔奴斯一边说,一边把帕拉斯投过来的投枪捡起来,在手中掂了掂,然后加快速度向前朝着帕拉斯投了过去。投枪穿过了帕拉斯的盾牌、盔甲和胸膛,从他的背后露出了枪尖。帕拉斯忍着剧痛把投枪从身体上拔出来,枪是拔出来了,帕拉斯也倒下了。

图尔奴斯走到帕拉斯的尸体前,略带同情地对在一旁大哭的亚加狄亚人说:"为这个年轻人修建一座坟墓吧,把你们的英雄运回到亚加狄亚去。"亚加狄亚人悲号着把帕拉斯的尸体抬离战场。

此时的埃涅阿斯正在另一侧进行激战,当他听到侧翼军队受损和帕拉斯牺牲的消息后,连忙带着勇敢的伙伴们赶了过去。埃涅阿斯像是获得了双倍的力量,手执利剑,在罗图勒人中间杀开一条血路,到处寻找着杀害帕拉斯的凶手图尔奴斯。

泪眼蒙眬的埃涅阿斯已经杀红了眼,罗图勒人在他的剑下倒下了一片。他的儿子阿斯卡尼俄斯看到时机已成熟,率领着被包围的特洛伊人从营房里杀了出来。

埃涅阿斯扭转战局

帕拉斯的死激怒了埃涅阿斯,在他的鏖战下,战场上的幸运天平终于发生了偏移。众神之母朱诺看到她的宠儿受到了威胁,忙去请求朱庇特把图尔奴斯从埃涅阿斯的巨大压力下解救出来。

"如果你只是想延续他的生命的话,那你就去救他吧,但如果你想改变战争的结局,你的希望会落空的。"朱庇特想劝说妻子放弃继续与特洛伊人为敌的做法,但固执的朱诺哪里听得进去。她很快来到拉丁人的营房,用一把松散的云雾塑造出埃涅阿斯的幻影,这个幻影披着盔甲,能骑会射,只是没有埃涅阿斯的灵魂和声音。朱诺把这个幻影投入战场中,并想方设法让幻影与图尔奴斯相遇。幻影朝着图尔奴斯又是射箭又是投枪,图尔奴斯也是个好胜的英雄,心中的愤怒像野火一样燃烧起来,他把利剑举过头顶,朝着幻影扑了过去,同时刺出一剑。幻影假意地大吃一惊,夺路而逃。图尔奴斯哪里知道这是朱诺的计谋,毫不犹豫地追了过去。

幻影和图尔奴斯一前一后,不大一会儿便离开了战场。幻影跳上了一艘停在海边的伊特卢利阿的大船躲藏起来,图尔奴斯紧接着上了大船。朱诺看到她的宠儿终于中计了,忙扯断缆绳,让大船飘入大海。

图尔奴斯在船上找了半天,可就是找不到埃涅阿斯,于是他跳入水中,想重新游回到战场,但波浪托着他顺流而下,一直把他冲到阿尔特尔城。朱诺终于成功地让他的宠儿避免了灭顶之灾。

此时,真正的埃涅阿斯正在苦战,他指名道姓要求图尔奴斯前来应战,但却不见图尔奴斯出现。眼看罗图勒人败局已定,

将军之死
战争是残酷的,在血腥的格斗中,总有一方将领被对方击败甚至杀死。而在那个崇拜英雄的年代,战死是一种无上的荣誉。

不料,一直殿后的国王墨策提沃斯率领部队赶到,罗图勒人不由得喜出望外。墨策提沃斯跃身杀入特洛伊士兵的行列,左冲右突,如入无人之境。顿时,战场上尸横遍野,血流成河。特洛伊人拼杀已久,已经相当疲惫,在罗图勒人增援部队到来后更是节节败退。

墨策提沃斯一边砍杀一边寻找他的对手埃涅阿斯,埃涅阿斯看到墨策提沃斯,转过身子,大步流星地走了过来。墨策提沃斯冲着苍天喊道:"众神啊,我现在就把这个可恶的特洛伊人送到地府去,而他那身闪闪发光的甲胄应该属于我。"说着,他向埃涅阿斯投出长矛。长矛呼啸着朝埃涅阿斯飞来,但特洛伊国王只轻轻地用盾牌一挑,长矛哐啷一声落到地上。墨策提沃斯看到对方躲过了长矛,竟愣在原地不知如何是好。

埃涅阿斯看准机会,向前猛跑几步,朝墨策提沃斯投去一根标枪。埃涅阿斯毕竟是神的儿子,标枪在空中划了一道弧线后深深地刺入了墨策提沃斯的下腹。这位凶狠的国王当场大喊一声倒在地上。"看你还口出狂言,今天应该是你的祭日才对。"埃涅阿斯看到对手的伤口血流如注,抽出宝剑朝他扑了过来。

眼看着埃涅阿斯就要冲到墨策提沃斯面前,突然,墨策提沃斯的儿子劳素斯冲上前来,舍身用盾牌挡住父亲。劳素斯举起手中的长剑朝埃涅阿斯刺来,罗图勒的一些士兵跟在劳素斯身后,纷纷投出长矛。埃涅阿斯只能举起盾牌掩护自己。"你这个疯子,我实在不忍心伤害你,你的孝心让你过高地估计了自己的力量。"埃涅阿斯冒着密如雨下的投枪对劳素斯喊道,他实在不愿伤害年轻的劳素斯。

此时的劳素斯只顾救父亲,哪里还听得进去对方的劝告,他怒气冲冲地朝着埃涅阿斯又是一剑,结果却与埃涅阿斯挥舞着的利剑撞个正着。剑落地了,劳素斯也倒了下来,临死前他的眼睛还怒视着埃涅阿斯。

"可怜的孩子,像你这样身穿金线衬衣的人应该得到隆重的安葬。你可以和你的祖先们在一起了,你遇到的是一个多么慷慨的敌人啊,而我又是多么希望你不要做这种无谓的牺牲啊。"埃涅阿斯命令对方的士兵们把他们年轻英雄的尸体运送回去。

在儿子的掩护下,身负重伤的墨策提沃斯一直撤退到台伯河边,他疲倦地躺在堤岸旁的一棵树下,刚想闭上眼睛休息一下,就听到不远处的一群士兵哭泣着。

"难道我可怜的儿子被埃涅阿斯杀死了吗?"他实在不敢再想下去,用手撑着脑袋,虚弱地喘着气,向不远处的士兵们招手。士兵们悲伤地走上前来,哽咽着说不出话,墨策提沃斯终于看清他们拉着的担架上放着儿子劳素斯的尸体。

墨策提沃斯仰望苍天,欲哭无泪,然后抱住儿子的尸体:"可怜的劳素斯,你的死能救活我吗?虽然我又一次看到了阳光和人群,但我更不愿意离开你。善良的太阳神福波斯,请保佑我为我可怜的儿子报仇吧,否则,我愿意和我的儿子一起阵亡。"说完,他强忍伤口的剧痛,飞身上马,重新奔向战场。

看到马背上的墨策提沃斯,埃涅阿斯高兴地大叫起来:"感谢朱庇特,难道你还不自量力吗?"一边说着,埃涅阿斯一边举着长矛冲了过来。

墨策提沃斯脸上悲愤的表情让人心惊胆寒,他向埃涅阿斯投去一杆投标,然后是第二杆、第三杆,但是,这一切都是徒劳的,对方闪着金光的盾牌戏弄般地迎接着这些无力的远击。突然,埃涅阿斯飞驰电掣般地围着墨策提沃斯的战马打转,然后一枪击中战马的太阳穴。战马腾空而起,把墨策提沃斯掀翻在地。埃涅阿斯上前一步,用利剑指着墨策提沃斯。

倒在地上的墨策提沃斯叹息了一声:"死在特洛伊人的手上我觉得非常荣幸,但我有一件事求你,把我埋葬在拉丁人的土地上,挨着我儿子的坟墓。如果把我送回我的故乡,图斯克人会把我的尸骨敲碎的。保护我吧,特洛伊英雄。"说完,墨策提沃斯引颈靠近了埃涅阿斯的利剑。

停 战

墨策提沃斯和劳素斯都死在了埃涅阿斯的剑下，罗图勒人和拉丁人也四散溃逃，特洛伊人取得了巨大胜利。埃涅阿斯在一座山坡上竖起了胜利的信号：那是一棵巨大栎树的树干，枝叶已经全部脱落。埃涅阿斯在树干披上墨策提沃斯的战袍，一根枯枝上挂着沾满鲜血的头盔，墨策提沃斯那支被盾牌撞碎了的投枪被丢在地上，另一根枯枝上挂着罗图勒人的盾牌和宝剑。特洛伊人点起了火把，扔向了山坡，这些缴获的物品被当作献给战神的祭物。

特洛伊人疲惫地回到营房，帕拉斯的尸体已经停放在中心大营的厅堂里，周围站着一群亚加狄亚和特洛伊人，大家沉默着，女人开始大哭起来，男人也抹着眼泪。

埃涅阿斯几步跨到停放尸体的担架旁，泪流满面，他抚摸着帕拉斯身上的伤口，哽咽着说："可怜的帕拉斯，你和你的父亲都帮助了特洛伊人。面对强大的敌人你没有退后一步，可你却看不到即将建立的新的特洛伊城，它有你的一份功劳啊。你的父亲也许正在为你祷告，希望你能凯旋，而你却躺在这里，对任何人的呼唤都不作答……"埃涅阿斯扭过脸,实在说不下去了,眼前又出现了在亚加狄亚临行前老国王埃汪特耳期待的目光。

厅堂里已经哭声一片了,几个亚加狄亚人来到埃涅阿斯面前:"伟大的特洛伊英雄,帕拉斯是死在图尔奴斯枪下的。他壮志未酬,我们怎么能就这样把他送回亚加狄亚呢?我们请求伟大的特洛伊英雄为帕拉斯报仇,一定要把图尔奴斯碎尸万段。否则,我们是不会甘心的。"

埃涅阿斯被亚加狄亚人的言辞所感动,他走到兵器架前,拿出一把长矛:"你们大可以护送帕拉斯回帕朗图姆城,这个仇我一定要报,我相信,几日之后一定让图尔奴斯横尸沙场。"在埃涅阿斯的安慰下,亚加狄亚人才得以安心。

殡仪图景的陶绘
这是绘制在古陶器上的古罗马殡葬仪式,古罗马人崇拜英雄,为国家为民族牺牲的人会得到隆重的葬礼。

英雄的归宿
亚加狄亚王子帕拉斯的尸体被停放在中心大营的厅堂里,周围站着一群亚加狄亚和特洛伊人,大家沉默着,女人开始大哭起来,男人也抹着眼泪,连他们的头发都悲哀地披散下来。

第二天,埃涅阿斯为帕拉斯举行了祭礼,帕拉斯的尸体被安置在长满青草的高坡上,他把狄多女王为他编织的一件镶着金丝银线的节日服装盖在帕拉斯的身上,并与这位少年英雄做最后的道别。一队亚加狄亚人抬起担架,背后跟着一队战俘和缴获的战马,马背上驮着各种武器和盔甲,后面还跟着亚加狄亚人的首领及特洛伊人组成的送葬队。埃涅阿斯依依不舍地望着远去的队伍,直到看不见了才回到营房。

接下来的几天,特洛伊人又进行了欢庆活动,埃涅阿斯也想趁机鼓舞一下士气。一天,正当埃涅阿斯想再次下达对拉丁姆城发动进攻的命令时,一队拉丁奴斯国王派来的使者来到了特洛伊人的营房。

"尊敬的特洛伊国王,虽然我们之间发生了战争,但作为母亲、妻子和孩子的尚还活着的拉丁人是多么希望看到他们死去的儿子、丈夫和父亲啊。所以,拉丁奴斯国王派我们来请求你让我们把我们死去的士兵的尸体带走,他们的亲人正等着安葬他们呢。"一个拉丁姆使者擎着橄榄枝走上前来向埃涅阿斯说道。

埃涅阿斯脸上并没有敌意,他平和地对使者们说:"拉丁人不屑于我们之间的友谊,难道拉丁人制造战争就是想死这么多人吗?这就是你们所谓的和平吗?你们是多么盲目啊。特洛伊人从一开始就企盼和平,但人已经死了,那就让我们把他们还给还活在世上的人们吧。如果不是命运指示我来到意大利,我绝不会踏上你们的土地。回去告诉你们的拉丁奴斯国王,为了避免更大规模的流血牺牲,他应该让他的好女婿图尔奴斯穿上战甲,与我单独决斗。如果图尔奴斯赢了,特洛伊人将继续漂洋过海,忍受流浪生活的巨大煎熬;如果图尔奴斯输了,我们将在这块土地上重建特洛伊。回去吧,把那些可怜的拉丁人和罗图勒人的尸体抬回去。"

使者们并没有想到埃涅阿斯会如此通情达理,他们被深深地感动了。

"仁慈的特洛伊国王,拉丁人和罗图勒人破坏了和约,而你却以你的宽宏大量来对你的敌人进行惩罚,对此我们非常感激。回到拉丁姆后,我们一定尽力劝说拉丁奴斯国王,使拉丁人与特洛伊人再次缔结和约。"使者中最年老的得朗策斯恭敬地对埃涅阿斯说。其他使者也纷纷表示了感激之情。双方约定,停战十二天,各自处理丧葬事宜。之后,使者们回去向拉丁奴斯国王复命。

劳伦图姆城沉浸在悲痛之中,自从使者们出城以后,人们就走出家门,眼巴巴地看着城门口,希望使者们能把他们的亲人的尸体带回来。尸体终于被带回了,但失去儿子的母亲,失去丈夫的妻子,失去父亲的儿子,整天在劳伦图姆城里转悠,他们已经迷失了生活的方向,他们诅咒战争,甚至诅咒拉维尼亚的婚姻。

拉丁姆的民众会议

虽然胜利被众神判给了特洛伊人，多数拉丁人和罗图勒人也厌烦了这场战争，但图尔奴斯却并不甘心失败。被朱诺救走之后，图尔奴斯被海浪推到了家乡阿尔特阿的海岸，他在那里招兵买马，重新杀回了劳伦图姆。

埃涅阿斯向图尔奴斯一人发起挑战后，一部分拉丁人开始仇恨图尔奴斯，甚至感激起他们的敌人埃涅阿斯来。但是，王后阿玛塔却极力为他中意的女婿辩护，这使得图尔奴斯所取得的一些荣誉和胜利在大多数人眼中成了光辉的象征。

为了继续扩大他的队伍，图尔奴斯还派使者前往希腊，请求国王狄俄墨得斯的帮助。但使者们沮丧着回来说，狄俄墨得斯拒绝与特洛伊人作战。消息传来，刚才还为准备战争而忙碌得热火朝天的拉丁人和罗图勒人顿时变得恐慌起来。

没有得到援助对图尔奴斯来说并没有多大影响，但对老国王拉丁奴斯来说，他最后的一个希望算是破灭了，开始后悔当初答应图尔奴斯动用武力的要求。神谕早已经给他指明了道路，而他却违背神命，这又能怪谁呢？拉丁奴斯左右思量，最后，他决定召开民众会议，让民众来决定是继续这场战争还是与特洛伊人再次签订和约。

国民会议开始了，拉丁奴斯高高地坐在王位上，周围聚集着他的子民。人们议论纷纷，持什么意见的都有。拉丁奴斯向大家挥了挥手，示意大家安静："市民们，我们已经与特洛伊人进行了一段时间的战争，有胜有负。我们企盼和平，但和平却带给我们灾难。我希望通过召开这个民众会议能把我们今后的目标确定下来，到底是应该放弃战争还是继续战争呢？"

拉丁奴斯国王的话音刚落，罗图勒人维奴鲁斯（曾经是前往希腊的使者）走到国王身边，面对看台底下的民众说道："我刚从希腊回来，看到了大英雄狄俄墨得斯和亚各斯人的新城。当我把拉丁姆的名字向这位国王做了通报，并把礼品放在他的面前时，他友好地告诉我：'我知道你来自拉丁姆，也知道你们正和特洛伊人进行着一场战争。你们曾经是多么幸福的人啊，在善良的农神萨图恩的佑护下过着平静的日子，而你们的安宁是怎么被破坏的呢？你们一定知道，我们是战胜特洛伊的人，几乎成了最高贵的人，但是，我们的命运又能怎样呢？洛克里斯人埃阿斯葬身大海，阿伽门农被打死在自己家中，奥德修斯历经千辛万苦才回到了他的故乡，墨涅拉俄斯在埃及四处流浪，看啊，神又给了我们什么呢？如果普里阿摩斯看到我们的遭遇，他也一定会同情他的这些敌人的。还有我，因在战争中伤害了女神维纳斯，失去了幸福。回去告诉你们的国王，我实在不想再参加任何战争了。自从特洛伊城被攻陷以后,我发现自己并不是一个胜利者,更不愿意去回忆这场战争。把我的话转告给你们国王的同时,顺便劝告他,还是和特洛伊人握手

古特洛伊城的露天大剧场。它的总面积超过1.5万平方米,同时可容纳近4万名观众。它是特洛伊繁荣时期的主要公共活动场所之一。

言和吧。在特洛伊战争中我与埃涅阿斯交过战,深知他是一个强大的人。'市民们,我并不想发表我的看法,只是把狄俄墨得斯国王的原话向大家做个汇报。"维奴鲁斯表情严肃地又走进了人群。

会场上的气氛浓重起来,市民们开始交头接耳,诉说着这场战争的弊端。国王拉丁奴斯从王位上站了起来:"看来,这场战争真的是一场不幸的战争啊,狄俄墨得斯国王曾经是多么伟大的英雄,他带领希腊人战胜了特洛伊人,但却为那场战争而悔恨,让我们也结束这场无谓的战争吧。埃涅阿斯是神的儿子,我们也看到了他的仁慈,难道我们还有必要对这样的人加以仇恨吗?在离台伯河不远的西部地区有一块土地,那里曾经是罗图勒人耕种的地方,我想把这块土地割让给特洛伊人,接纳他们为我们的同盟兄弟。如果他们不愿意留在我们的国家,我们

可以为他们的远行提供帮助。"

听着拉丁奴斯的话,广场上的一部分人开始欢呼起来。

"英明的拉丁奴斯,你的这一决定真是好极了。不过,除了对特洛伊人给予帮助外,你还应该送上拉维尼亚的爱情。"人群中有人大声嚷道。

"你们就这样畏惧战争吗?既然埃涅阿斯向我挑战,我有什么理由不答应呢?时代要求战争,任何象征和平的语言都不会起作用。拉丁人和罗图勒人是尊贵的民族,怎能任凭特洛伊人随便凌辱呢?你们应该紧紧地团结在我的周围,而不是去长敌人的志气。"图尔奴斯的一番话把那些好战的年轻人煽动得热血沸腾。

就这样,民众会议上群情激昂,一部分人主张与特洛伊人签订和约,一部人则主张血战到底。拉丁奴斯也左右摇摆,实在不知道该怎么办才好。

卡弥拉之死

正当拉丁姆的民众会议处于胶着状态的时候，守卫劳伦图姆的士兵前来报告："埃涅阿斯已经拔寨起营，朝着劳伦图姆的方向而来。"听到消息，图尔奴斯立即命意大利的各族士兵拿起武器，准备与特洛伊人决一死战。战争的号角吹响了。

拉维尼亚算是这场战争的起因，为了补偿自己的罪过，她在母亲阿玛塔的陪同之下前往神庙，请求众神保佑这场战争的胜利。

为了伟大的爱情，图尔奴斯是多么希望这场战争能够取得胜利啊，他全副武装地从城堡走了下来，在城门口遇到了女王卡弥拉。卡弥拉正率领着一队佛尔西安人的骑兵在城墙边巡逻。当看到图尔奴斯正朝城门走来时，卡弥拉从马背上一跃而下，友好地向图尔奴斯问候："年轻的罗图勒英雄，你一定也听说了特洛伊大军正在翻山越岭地朝劳伦图姆而来。依我看，你可以率领罗图勒人和拉丁人到前面的山谷寻找歼敌的机会。特洛伊的骑兵队全是由精壮的特洛伊人和图斯克人组成的，但佛尔西安的骑兵足够应付了，你就放心地把他们交给我吧。"

图尔奴斯对卡弥拉的提议也表示了赞同，他向这位巾帼英雄鞠了一躬："你完全享有整个民族的荣誉，应该在男人的议团里占有席位和发言权。从现在起，你可以和我共同承担全部的战争事务。我委托你担任城防最高指挥官，我将亲自前往城外的山谷，在空旷之处设下埋伏，占领狭隘山路的两头。"说完，图尔奴斯领兵出发了。

特洛伊的骑兵离劳伦图姆的城墙越来越近，突然，一阵喊杀声划破天空，原来城外不远的战壕里埋伏着墨萨帕斯、卡第鲁斯和库拉斯率领的拉丁姆人的步兵，还有卡弥拉率领的佛尔西安人的骑兵。

两支军队冲撞到一起，顿时尘土飞扬，投枪像雨一样落下，两方的士兵纷纷倒地。不大一会儿，拉丁人有点儿支撑不住了，他们把盾牌背在背上，掉转头向城门口跑去。特洛伊人以为拉丁人战败，赶紧追赶，当他们眼看要追上拉丁人时，拉丁人猛地又把队列逆转，冲向迎面扑过来的特洛伊人。特洛伊人根本没想到拉丁人的逃跑是伪装的，只得掉转身败逃。就这样，双方拼杀得难解难分，呈现出拉锯状态。

卡弥拉不愧为女中豪杰，她一身亚马孙女人的装扮，一会儿弯弓搭箭，一会儿扔出长矛，一会儿又手执利斧冲进敌阵砍杀。卡弥拉身后跟着一群勇敢的年轻妇女，她们也都是百里挑一的士兵。像卡弥拉一样，她们在特洛伊人群中肆意冲杀，丝毫不逊色于战场上作战的男人们。

"佛尔西安女王,你不必去追赶那些逃跑的士兵,你们这些佛尔西安人只会骑在马背上作战,如果有胆量的话为什么不到地面上来进行决战呢?"一个图斯克人嘲笑般地对正打算追赶特洛伊人的卡弥拉挑战。

图斯克人的话音刚落,卡弥拉就从马背上跳了下来,她扬扬手里的武器,向没有离开马背的图斯克挑战者示威。图斯克人惊呆了,他没有想到卡弥拉真的会接受他的挑战,不由得害怕起来,抓紧缰绳想逃出卡弥拉的视线。卡弥拉哪里肯放走挑战者,飞身向前,把一把利剑插入了图斯克人的前胸。

看到女王杀死了敌人的一个首领,佛尔西安人欢呼起来,把女王从地上高高举起。

阿尔隆斯是伊特卢利阿人的首领,他看到他的士兵们纷纷丧命于这位亚马孙女人之手,不由得怒火中烧,便提着标枪追逐着卡弥拉,寻找着下手的机会。卡弥拉

古罗马时期女子雕像
意大利人对女性十分尊重,这与他们从祖先那里继承下来的传统是分不开的。从罗马出土的雕塑不乏女性雕像这一现象可见一斑。意大利的古老民族罗马人、佛尔西安人都很推崇女性,对女英雄更是顶礼膜拜,卡弥拉就是佛尔西安人的女王,她也得到了罗图勒人的尊敬。

身轻如燕,动作敏捷,疾风闪电般地在敌阵中出没,阿尔隆斯一直没有找到投枪的机会。

卡弥拉终于放慢了脚下的速度,原来她看到了不远处一个特洛伊人身上的铁甲,那副铁甲上编织着金丝,鳞光闪闪,多么像一件珍贵的羽衣啊。卡弥拉目不转睛地盯着:"如果把它挂在家乡的神庙里,那该是一件多么荣耀的事啊。"她似乎已经忘记了自己正身临战场,全然不顾地向穿着那件铁甲的特洛伊人走去,手中的利剑也显得不如先前锋利了。

卡弥拉弯弓搭箭,想把那个特洛伊人射死,然后把那副铁甲占为己有。阿尔隆斯看得真切,他默默地向太阳神福波斯祷告着,举起标枪向卡弥拉投去。卡弥拉的箭还没有射出去,阿尔隆斯的标枪已经正中她的胸膛,鲜血从伤口中喷涌出来。卡弥拉扔下手中的箭,痛得翻滚在地。女伴们奔到她的身边,企图把女王救走,但卡弥拉没能够站起来,她凑到一个女伴耳前,用微弱的声音说道:"亲爱的,快去向图尔奴斯报告,让他迅速撤兵,固守城池……"话还没说完,卡弥拉便气绝身亡。

失去女王的佛尔西安人顿时陷入了绝望,她们向劳伦图姆的城门跑去,刚才还英勇陷阵的妇女们为了她们的女王而失声痛哭起来。她们跑到城墙边,却不知道是该进城还是继续战斗。月亮女神狄安娜非常宠爱卡弥拉,她实在不忍心看到卡弥拉的族第为此遭受不幸,于是,她在半空中找到杀害卡弥拉的凶手阿尔隆斯,朝他射出了一支金箭,阿尔隆斯中金箭而死。

破坏和约

图尔奴斯听到卡弥拉阵亡的消息后,既悲伤又愤怒,急忙率领罗图勒人朝劳伦图姆城方向疾驰飞奔。图尔奴斯刚刚离开埋伏的地点,埃涅阿斯已经率领特洛伊人进入了山谷,特洛伊人也因此躲过了一场灾难。

特洛伊的骑兵中队和图斯克人正要催马进城,看到图尔奴斯率领一队人马从城外直冲过来,吓得一时间不知如何是好,竟然待在原地不敢动弹,图尔奴斯不费吹灰之力便打败了这支队伍。

埃涅阿斯停止向劳伦图姆发动进攻,他希望与图尔奴斯单独决斗,以此来决定两支队伍的胜败。特洛伊使者来到劳伦图姆,向图尔奴斯重申了埃涅阿斯的建议。

图尔奴斯来到拉丁奴斯的面前:"拉维尼亚引起了这场战争,而我对拉维尼亚的爱使我也成为这场战争的主凶。今天,要么我把埃涅阿斯送入地府,要么丧身于他的剑下。亲爱的岳父,如果在这次决战中我不幸身亡,美丽的拉维尼亚就只能嫁给埃涅阿斯为妻了。"

士兵头盔

拉丁奴斯爱抚地看着这个罗图勒青年:"亲爱的图尔奴斯,你从你父亲那里继承了强大的王国,而且王国的范围也越来越大,我实在不忍心让你为此失掉这一切。我告诉过你,神曾经预示过我,拉维尼亚不能嫁给你,她应该嫁给外乡人埃涅阿斯。这场战争本来可以避免,结果却使几个民族遭受了不幸。现在的情况对我们很不利,放弃我的女儿吧,你的这种做法会得到众神的惩罚的。"

早有人把图尔奴斯要和埃涅阿斯进行决斗的事报告给了阿玛塔和拉维尼亚,母女俩急忙跑到宫殿的正厅相劝,但图尔奴斯的决定是没有人能够改变的。他看着心爱的拉维尼亚,抚摸着姑娘的卷发:"亲爱的拉维尼亚,正因为爱你我才接受了挑战,请不要用你的爱来干扰我的心绪,我已经别无选择了。如果我不幸牺牲,请也用同样的爱来爱我们的敌人吧。"

拉维尼亚泪流满面,她只能默默地祷告图尔奴斯能够凯旋。图尔奴斯深情地望着心爱的姑娘,脑子里一片混乱,他是多么希望能与拉维尼亚长相厮守啊,可为了赢得有尊严的爱情,他必须与敌人决战。图尔奴斯一狠心,命一名使者前往特洛伊营房:"告诉埃涅阿斯,他不需要前来攻打劳伦图姆,明天我将和他进行决斗,拉丁人和罗图勒人是不会向特洛伊人低头的。"

第二天,高大坚实的劳伦图姆城墙前划出了决斗的场地,人们在这里设立祭坛,祭祀用的花环、牺牲都摆放齐全。意大利各族人从城内一涌而出,在指定的位置就座。拉丁奴斯坐在华丽的四驾马车上,头顶上镶着十二颗星星的王冠闪闪发光,人们看到受人尊敬的拉丁奴斯时,纷纷弯腰低头。图尔奴斯坐在两匹战马拉动的战车上,两只手各提一根标枪。埃涅阿斯从特洛伊营房走出来,他的盔甲和盾牌闪烁着金光,他的儿子阿斯卡尼俄斯站立一旁,算是给父亲充当助手。

祭祀过众神之后,拉丁奴斯和埃涅阿斯庄严祈祷,订立协议:如果图尔奴斯打败埃涅阿斯,特洛伊人撤出拉丁姆;如果不能取胜,意大利各族人自愿和特洛伊人联合,拉丁奴斯的女儿将嫁给埃涅阿斯为妻。

正在这时,一只金色的山雕从蔚蓝的天空盘旋而下,惊飞了台伯河间的许多飞鸟,山雕抓起正在河里游玩的一只天鹅。当飞鸟们从惊愕中回过神来的时候,遂聚集在一起,朝着山雕飞走的方向追去,山雕见人多势众,便扔下天鹅逃走了。

拉丁人被眼前发生的景象惊呆了,忙让资历最深的占卜师来解释这一预兆是吉还是凶。

占卜师激动地对大家说:"这是给劳伦图姆城带来幸福的吉兆啊。意大利人可以放心大胆地进行战斗了。"人们并没有理解占卜师的意思,不是已经缔结协议了吗?难道不再是双方首领的决斗了吗?

图尔奴斯的妹妹朱图耳娜是一位仙女,此时,她不知怎么才能把自己的兄长从这次失意的决斗中救出来。听到占卜师的预言时,朱图耳娜变成英雄迈尔斯的模样,混在罗图勒士兵中,小声地对罗图勒人和拉丁人说:"我们怎么能够让我们的首领一个人面对危险呢?难道我们不感到羞耻吗?我们的军队要比特洛伊人更加强大,为什么要惧怕对方呢?图尔奴斯如果败在埃涅阿斯手中,我们将会遭到压迫,承受命运的灾难。所以,我们绝不能袖手旁观,而应该共同战斗。"说着,她用法力使占卜师拿起一根标枪向特洛伊人的阵营投去。

特洛伊的阵营一阵喧嚣,原来占卜师的标枪正好击中了亚加狄亚人吉里泼九个儿子中的一个,其他八个兄弟哪里能忍受得了这一打击,他们暴跳着提枪执剑朝意大利人冲过来。一时间,祭坛前一片混乱,飞箭在空中呼啸着,投枪如冰雹一样纷纷落下。

埃涅阿斯站在一块高地上,挥舞着双手说道:"这是一场误会,请大家不要激动。协议已经签订,现在应该是两位首领进行决斗的时候了,大家安静,一切都会好起来的。"正说着,不知从哪里飞来一箭,正中埃涅阿斯没有武装的手臂。埃涅阿斯只得在儿子阿斯卡尼俄斯的陪同下离开了战场。图尔奴斯把这一切看得真真切切,他挥动长矛,高声命令罗图勒人和拉丁人向特洛伊人发动进攻。

正当战场上两军厮杀到一起的时候,埃涅阿斯正试图把手臂上的箭镞拔下来,可是没有成功,不得已,只好求助于医生。众医生们平时都医术了得,可这次无论怎么努力,都无法把箭镞从伤口处取出。

维纳斯看儿子受了箭伤,怜惜得眼泪都快出来了。她忙跑到爱达山上采集神药草,用一片云把自己包裹起来,悄悄地来到特洛伊军营,把神药草的汁液向药罐里挤了几滴。医生们哪知道有神的暗中相助,慌张地把药罐里的药一滴不剩地倒在埃涅阿斯的伤口上。奇迹出现了,伤口处不断向外流淌的鲜血立即止住了,外翻的肉自动愈合。埃涅阿斯感到浑身上下充满了力量,一骨碌跳起来,稍一用力就把箭镞拔了出来。

"快把我的武器拿来,我要杀回战场。"埃涅阿斯拿过士兵递过来的武器,走出营房,朝敌人冲了过去。

刻有隆重祭祀场面的戒指
戒指上所刻为朝拜肥沃与生命之母的仪仗队。

媾和前的战斗

在维纳斯的暗中帮助下,埃涅阿斯的箭伤很快就痊愈了。恢复健康的埃涅阿斯披上金甲,戴上头盔,威风凛凛的样子仿如战神玛尔斯。埃涅阿斯激动地拥抱着儿子阿斯卡尼俄斯:"孩子,你看,众神是多么厚待特洛伊人啊,我们应该感谢朱庇特,我马上要奔赴战场。你要从你的父亲身上学会在斗争中变得勇敢,还有你们,所有的特洛伊人,你们应该振作起来,投入激烈的战斗中去。"

特洛伊人欢呼起来,簇拥着他们的英雄来到战场。罗图勒和拉丁人恐慌了,面前的埃涅阿斯怎么越看越像个神呢?难道是太阳神福波斯附在他的身上吗?图尔奴斯也停止战斗,以烈焰般的眼神打量着这位不共戴天的仇敌。

"图尔奴斯,我们还是逃命去吧。"图尔奴斯的妹妹朱图耳娜早已被眼前像神一样的特洛伊人吓得面无血色,她极力地劝她的哥哥。

图尔奴斯怒视着朱图耳娜:"逃命?我们也是神的子孙,怎么能给我们的民族丢脸呢?图尔奴斯宁可战死沙场,也不后撒一步。"埃涅阿斯大笑起来:"自负的图尔奴斯,用我们两人的决斗来决定这场战争的胜负吧,你逃到哪里我就追到哪里,今天就是你的死期。"说着,埃涅阿斯挥舞着长矛朝图尔奴斯扑来。

图尔奴斯也不示弱,他一闪身,躲开了埃涅阿斯的长矛;但他身边正在暗中施放投枪的图洛姆奴斯就没有这么幸运了,埃涅阿斯的长矛正中他的要害,埃涅阿斯用力一抖,图洛姆奴斯的尸体从枪尖上摔落下来。

"图尔奴斯,难道你没有看到敌人已经被赋予神力了吗?我们还是赶紧逃命吧。"朱图耳娜声音颤抖地对她的兄长说。图尔奴斯哪里肯听妹妹的话,他像着了魔一样站立在战车上,目不转睛地看着埃涅阿斯战斗的场面,甚至开始赞叹起了对手:"朱图耳娜,你瞧,特洛伊人多么勇敢啊,他那一身盔甲和盾牌一样是神的杰作。"

朱图耳娜瞪着兄长,气急败坏地从驾

一尊完整的维纳斯像
维纳斯历来是雕刻家钟爱的表现主题,从这尊完整的维纳斯雕像中,我们虽可全视女神之美,但断臂的维纳斯似乎更多出一种神秘和尊贵的意味。

古罗马神话故事

攻克劳伦图姆城

尽管劳伦图姆城坚固厚实,但勇敢无畏的特洛伊人并不把它放在眼里,他们来到城墙下一字排开,坚起云梯攀上攻夺,虽然不断有人跌落,但他们并未放弃,最后,特洛伊人终于登上城墙,涌入城内攻克了这座坚城。

驶副手手中接过缰绳,催动着战马驾车狂奔而去,不大一会儿就离开了战场。

埃涅阿斯紧追不舍。朱图耳娜不愧是一个驾车能手,战车时而向左,时而向右,时而又风驰电掣一样朝前飞奔。埃涅阿斯好几次都摸到战车的辕首了,但还是不能抓住它。埃涅阿斯与图尔奴斯的战车之间的距离越来越远了,最后,战车终于消失在他的视野之中。

这场徒劳的追逐使埃涅阿斯消耗了很多体力，他喘着粗气，在一处不太引人注意的地方坐下来休息。这时候，罗图勒的一名将领墨萨帕斯看到了疲惫的埃涅阿斯，举起投枪朝着眼前的特洛伊人扔了过去，埃涅阿斯闪身躲开了。

埃涅阿斯愤怒地狮吼般地大喊："可恶的罗图勒人，看来你射击的本领还需要练练，快来受死吧。"墨萨帕斯看到埃涅阿斯朝自己奔来，忙转身溜进了士兵队列里。埃涅阿斯哪里肯放过羞辱自己的敌人，冲进罗图勒人中，横砍竖杀，一会儿工夫，这片战场就剩下他一个人了。

埃涅阿斯用长矛撑地，站立着喘着粗气，他抬眼眺望着不远处的劳伦图姆城，不禁陷入了沉思中：一面是活着的图尔奴斯，一面是坚固的劳伦图姆城，我该继续追击敌人，还是该攻击城池呢？守城的拉丁士兵和国王拉丁奴斯早已厌倦了战争，厚实的城墙应该挡不住特洛伊人的进攻。

想到此，埃涅阿斯紧走几步，走到特洛伊人最集中的地方。他高高地站在人群中间，扫视了许久，然后提高嗓门对士兵大声说道："受朱庇特的佑护，我们终于来到了意大利，但意大利人却像对待仇敌一样对待我们。虽然我们已经和意大利缔结了协议，但他们却违背和约，所以我们要用手中的武器惩罚这些不守信义的恶棍。我们现在就向劳伦图姆城发动进攻，如果拉丁人不向我们投降，我们就把拉丁姆山城夷为平地。前进，攻城！"

说完,埃涅阿斯一马当先,率领着特洛伊人朝劳伦图姆的方向奔去。来到城墙底下,特洛伊人一字排开,一部分人拿着利斧劈砸城门,一部分人在墙边竖起了云梯,云梯上布满了特洛伊人,虽然最上面的不断地跌落下来,但他们并没有放弃攀登。最后,特洛伊人终于登上城墙,城门也被特洛伊人劈开了。

　　特洛伊人涌进了劳伦图姆城。他们把燃烧着的火把扔进一座座塔楼,把长矛标枪投向拉丁人中间。顿时,劳伦图姆成了一片火海,熊熊的大火烧毁了许多房屋、弄墙,拉丁姆陷入混乱之中。

　　此时,王后阿玛塔正站在王宫的角楼上,她看到燃烧着的房屋和激烈的混战,听到凄惨的拉丁人的哀号声,心里充满了悔恨与自责:劳伦图姆城马上就要陷落了,而造成这一切罪恶的罪魁祸首就是自己。为了女儿的婚姻,拉丁人付出了多么大的代价啊。阿玛塔望眼欲穿,希望能看到图尔奴斯前来救援,最后,她绝望地悬梁自尽,结束了自己的一生。拉维尼亚也同样忍受着良心的谴责,当听到母后自杀的消息后,她惊叫着昏死过去。国王拉丁奴斯束手无策地望着快陷落的拉丁姆,哪里还有心情去哀悼死去的妻子。

　　"众神啊,可怜可怜我吧,可怜可怜我不幸的民族吧。"拉丁奴斯唯一能做的就是仰天祈祷。

图尔奴斯与埃涅阿斯的决斗

图尔奴斯一路砍杀,身上沾满了鲜血,但他却越战越勇,没有丝毫疲惫的迹象。

"图尔奴斯,快回到王宫里去吧,王后阿玛塔自杀了,可怜的拉维尼亚昏死过去了,国王拉丁奴斯正左右为难,他正打算把拉维尼亚许配给特洛伊的国王埃涅阿斯为妻,以平息这场罪恶的战争。"一个罗图勒的士兵跑过来向图尔奴斯报告。

听到这个消息,一股钻心的痛楚涌上图尔奴斯的心头,吞噬着他的心。他是那么热烈地爱着拉维尼亚,而且拉维尼亚也对他情有独钟,可为什么特洛伊人要来此制造战争呢?为什么不让美丽的拉维尼亚成为自己的妻子呢?图尔奴斯转过头对和他一起冲杀的罗图勒人说:"幸福正在离我而去,我必须和埃涅阿斯决一死战,以此来赢得罗图勒人的尊严。"说着,图尔奴斯跳下战车,朝着被特洛伊人重重包围的劳伦图姆奔驰而去。

图尔奴斯好不容易才来到了城门前:"特洛伊人、拉丁人、罗图勒人,请放下你们的武器吧,请不要让这场战争造成太多人的不幸,如果能由我一个人来承担责任,就不要再让意大利人流血牺牲。"

拉丁人和罗图勒人听到图尔奴斯的吆喝声,不由得停住了,埃涅阿斯也命令特洛伊人停止了攻城。

"图尔奴斯,你的建议很好,应该由我们两人的决斗来判断胜负,而不是以双方流血的多少来判断。我接受你的挑战,拿起你的利剑吧。"说着,埃涅阿斯朝着图尔奴斯扑过来。

图尔奴斯不甘示弱,也高喊着朝埃涅阿斯奔去。两块盾牌撞到一起,发出了巨响,大地颤抖了。双方的士兵为了给己方的首领鼓劲,高声呐喊起来。突然,图尔奴斯从盾牌后面站起,手中的利剑朝着埃涅阿斯的脑袋砍了下去,特洛依人和图斯克人张大了嘴巴,胆小的甚至闭上了眼睛。结果却出乎人们意料,图尔奴斯的利剑刚碰到埃涅阿斯的衣甲时便被折成了几截。图尔奴斯满以为一剑下去会把埃涅阿斯的头砍下来,谁知道自己的剑却断了。这时候他才想起,这把剑只不过是随手从士兵手里拿来的普通的一把剑,而他父亲遗留下来的神剑却因为着急而被落在了战车上。

"这不是一个好兆头啊。"图尔奴斯心想。

图尔奴斯虚晃一招,然后夺路而逃,并招呼士兵回到前面的战场上把那把神剑取来,然而在慌乱的战场上士兵根本没有注意到他在说些什么。埃涅阿斯大步流星地追赶上来,图尔奴斯慌不择路,朝着附近的一片树林逃去。

埃涅阿斯追进丛林,突然,他看见前方的一棵树上露出一杆长矛柄,这根长矛也许是先前战斗时有人留下来的,埃涅阿斯不禁为自己的发现欣喜若狂。他紧跑几步,暂时放弃了对图尔奴斯的追逐,来到那棵树下,奋力把那根长矛向外拔。

图尔奴斯正向树林深处逃着,感觉身后没有了声音,回头一看,原来埃涅阿斯正在拔刺入树里的长矛。图尔奴斯停下脚步,乞求道:"生活在意大利土地上的众神啊,图尔奴斯是多么虔诚地信奉你们啊,看在我一直给你们祭颂荣誉的份上,让埃涅阿斯手里的那根长矛深陷在树干里吧。"

意大利的诸位保护神果然听从了图尔奴斯的乞求,他们使用法力,尽管埃涅阿斯使出了浑身的力气,长矛还是拔不出来,

勇士死去　法国　普桑
图尔奴斯是罗图勒的勇士,但英勇善战的他为天后朱诺利用,最终神威不再保护他时,等待他的只有被众神护佑的埃涅阿斯刺死。

埃涅阿斯急得满脸通红。

这时候,图尔奴斯的妹妹朱图耳娜也来援助她的哥哥,她扮作哥哥的驾车手的模样,从战场上来到丛林,把父亲遗留的神剑递给哥哥。图尔奴斯手握利剑,顿时信心百倍。他拎着利剑,转身朝着埃涅阿斯奔去。

埃涅阿斯此时还在试图撼动刺入树中的长矛,因为过于用力,自己的短剑不慎落到了草地上。

埃涅阿斯看到图尔奴斯朝自己奔来,不由得心急如焚,可他越是着急,树上的长矛越是拔不下来。站在半空中的维纳斯

| 朱庇特雕像

更是着急,她怎么能坐视儿子的生命受到威胁呢?而且,维纳斯对图尔奴斯妹妹朱图耳娜的行为也甚是恼怒,一个平凡的仙女怎么敢如此胆大妄为呢?于是,她使用法力让埃涅阿斯很轻松地拔下了长矛。

这时候,图尔奴斯已经到了埃涅阿斯的近前,埃涅阿斯拿着长矛,转过身摆好了迎战的架势。

当图尔奴斯看到埃涅阿斯手里的长矛时,心里慌张起来,看来众神的保护已经离他而去了,难道特洛伊人真的是永远的胜利者吗?

站在奥林匹斯山上的朱庇特和朱诺此时正进行着一场争辩。

"是该结束这场战争的时候了,特洛伊人被你驱逐了,他们翻山越岭,漂洋过海,好不容易到了意大利,你又让他们遭受如此的不幸,现在该让他们稳定下来了。如果你还是一意孤行,那我只好让别人来取代你的位置了。"朱庇特铁青着脸对他的妻子朱诺说。

朱诺定定地看着朱庇特,看到丈夫严肃的表情,她只好作了让步:"我可以把图尔奴斯的命运交给他自己,但我有一个条件,拉丁姆的名称、语言风俗习惯必须保留,特洛伊人只能融入拉丁民族中,而不是拉丁民族融入特洛伊民族中,只有这样我才能忘掉特洛伊这个名字。"

朱庇特向妻子摆摆手,接受了妻子的要求:"图尔奴斯的大限已到,埃涅阿斯却应该活下去。此后,特洛伊人不再保留自己的语言和风俗,将来这里将行使罗马法律,使用的语言都是拉丁语。这样可以了吧?"

看到妻子没有再提出异议,朱庇特把复仇女神召到眼前:"图尔奴斯死期已到,他今天应该前往冥界,去执行我的命令吧。"

复仇女神驾着风翼来到拉丁姆战场,其中一位骁勇善战的女神变成了一只小鸟,她围绕着图尔奴斯的头来回打转。图尔奴斯感觉到眼前昏花,一种不祥的感觉又一次涌上心头,他不得不停止了战斗,站在那里喘着粗气。

"你为什么在那里犹豫不决呢?难道你不想打败我吗?是不是已经被特洛伊人吓倒了呢?"埃涅阿斯看到图尔奴斯停止了进攻,也放下了刚要投掷的长矛。

图尔奴斯用利剑抵住地面,勉强直起身体:"你以为我会向特洛伊人屈服吗?我并不畏惧你们,只是天要亡我,难道你没有看到死神的鸟儿在我头顶飞个不停吗?"说着,图尔奴斯从地上搬起一块大石头,准备把它扔向埃涅阿斯,但是,他刚把石头搬起来就感到浑身无力,石头顺着手臂掉落下来。图尔奴斯本能地想逃离此地,但他的腿却怎么也不听使唤,一步也不能挪动。

手里的石头刚刚落地,图尔奴斯还没有从惊愕中回过神来,一只长矛已经穿透他的胸膛,钻心的痛传遍全身,他倒在地上无力地挣扎着。埃涅阿斯走到近前,同情地看了看罗图勒的这位英雄,转身带领他的队伍进了劳伦图姆城。

拉维尼乌姆和阿尔巴·隆伽

图尔奴斯阵亡以后,处于群龙无首状态的罗图勒人和佛尔西安人纷纷逃回了他们的城市。胜利的特洛伊人并没有欣喜若狂的感觉,因为他们的同盟兄弟们,如亚加狄亚人、伊特卢利阿人也都要回自己的故乡了。

埃涅阿斯眺望着远方:"神谕中的罗马城到底在哪里呢?特洛伊人虽然打败了意大利众族人,可真的会像神谕中说的那样,在这块地方上会出现一个新的城市吗?"埃涅阿斯一边想着,一边在台伯河边上踱着步。

正在这时,一个特洛伊士兵跑了过来,兴奋地对埃涅阿斯说:"快回去看看吧,拉丁姆国王拉丁奴斯派人向特洛伊人求和来了。"

埃涅阿斯一听,忙快步走进了营房。进到中心大营后,拉丁姆的使者已经在那里等候了。使者一看到埃涅阿斯进来,忙从座位上站了起来。

"尊敬的特洛伊英雄,国王拉丁奴斯派我们来向特洛伊人求和,你要知道,拉丁奴斯并不赞成这场战争,他一再劝说图尔

奴斯等人的行为,但却没能阻止这场战争,拉丁奴斯国王让我们代表拉丁人向特洛伊人表示歉意。而且拉丁奴斯决定根据神谕,把女儿拉维尼亚许配给你。"使者向埃涅阿斯陈述着拉丁奴斯国王的指示。

"回去告诉你们国王,这场战争本来就是不可避免的,所以他不必为此自责。很谢谢他能把美丽的女儿嫁给一个外乡人。"埃涅阿斯命人把一部分战利品拿来,让使者转交给拉丁奴斯国王,以作为聘礼。

第二天,拉丁奴斯把埃涅阿斯迎入了劳伦图姆,为女儿举行了一场盛大的婚礼,并指定埃涅阿斯为王位的继承人。

决斗的少年
特洛伊人入主意大利,并与当地各民族融合形成了新的民族——古罗马人,特洛伊人好斗的脾性也注定了罗马人将对外扩张掠夺,建立一个庞大的国家。

埃涅阿斯执掌拉丁姆之后，在海滨的高坡上建造了一座美丽的城市，并根据妻子拉维尼亚的名字把该城命名为拉维尼乌姆。至此，苦难的特洛伊人终于建立起了新的家园。遵从神的旨意，特洛伊人很快放弃了自己的语言和风俗习惯，与拉丁人融合在一起，并遵奉意大利诸神。

在驱逐特洛伊人的战争中战败后，罗图勒人一直耿耿于怀，所以，罗图勒人暗暗地招兵买马，希望有一天能血洗当年之耻。终于有一天，罗图勒人觉得自己的军事力量已足以与拉丁姆抗衡了，便大举入侵拉丁姆。

闻听罗图勒人来到了拉丁姆边境，埃涅阿斯立即披挂上阵，亲自率领拉丁军队前往迎敌。双方部队在奴弥科斯河前遭遇。

朱庇特在奥林匹斯山上看到罗图勒人和拉丁人之间爆发了战争，遂亲自介入。为了能消除战场上方的沙尘，朱庇特从半空中晃动雷电棒，一时间电闪雷鸣，大雨倾泻而下。

"勇敢的拉丁人，你们看啊，这是众神在为我们照亮。我们将在这片土地上繁衍生息，怎么能容忍罗图勒人的入侵呢？我们将永远是这块土地上的主人。"埃涅阿斯举起他的长矛鼓舞他的士兵们。

借着电光，拉丁人横冲直撞，罗图勒人连连倒下。朱庇特还不罢休，他拉开雨水的闸门，奴弥科斯河顿时暴涨，河水咆哮着奔腾起来。罗图勒人似乎看到了神愤怒的身影，阵脚大乱，拉丁人乘胜追击，直追到罗图勒人的首府阿尔特尔。当拉丁人骄傲地举行凯旋仪式的时候，却不见了他们的国王埃涅阿斯，于是到处找寻着埃涅阿斯，几乎找遍了拉丁姆国的每一个角落。

后来，有个年轻的士兵向阿斯卡尼俄斯报告，他看见埃涅阿斯被卷入了奴弥科斯河中。为了纪念伟大的埃涅阿斯，拉丁姆举行了一场盛大的祭祀仪式。

继埃涅阿斯之后，阿斯卡尼俄斯登上了王位，这之后，拉丁人习惯把阿斯卡尼俄斯叫作尤鲁斯。尤鲁斯在拉丁平原中部的阿尔巴纳山上建造了一座城市阿尔巴·隆伽。

阿尔巴·隆伽高高地耸立在陡峭的山峦间，周围是茂密的树林，山间小溪潺潺，好一派欣欣向荣的景象。尤鲁斯把拉丁姆的首府迁到了阿尔巴·隆伽，并继续向外扩大国土。当然，尤鲁斯和他的父亲一样贤明通达，治理有方。

尤鲁斯执政后，埃涅阿斯的妻子拉维尼亚离开了国王的王宫，在劳伦图姆的树林中生活。不久，拉维尼亚生下了一个男孩，取名为西尔维乌斯，这个孩子成了拉丁奴斯唯一的孙子。尤鲁斯死后，拉丁姆国民推举西尔维乌斯为新的君主。西尔维乌斯执政期间，继续兴建城市，开创了一个辉煌的阿尔巴王国。拉丁姆大地上出现了以阿尔巴·隆伽为中心的三十余座城市间的联盟。后来，阿尔巴成了罗马的发祥地。

构建新家园

当上拉丁姆国王的埃涅阿斯在海滨的高坡上建造了一座美丽的城市,并以妻子拉维尼亚的名字命名为拉维尼乌姆,至此,苦难的特洛伊人终于建立了新的家园。

洛摩罗斯和雷姆斯

拉丁姆在拉丁奴斯、埃涅阿斯、尤鲁斯和西尔维乌斯的统治下存续了三百多年。随着黑铁时代的到来，拉丁姆开始动荡起来。

阿尔巴·隆伽的国王普罗卡斯死后，留下了两个儿子——奴弥陀耳和阿摩利乌斯。按照惯例，长子奴弥陀耳继承了王位，次子阿摩利乌斯继承了大片土地和大量财产。

阿摩利乌斯是一个贪得无厌的人，面对大片土地和堆积如山的财产他并不满足，而是觊觎哥哥的王位。为此他使用诡计和暴力，发动了一场宫廷政变，推翻了奴弥陀耳。但是，阿摩利乌斯没胆量杀死哥哥，而是把他流放到一片幽寂的树林里，让他过着生不如死的生活。

登上王位的阿摩利乌斯如坐针毡，他害怕哥哥的后辈会前来报复，于是，他残忍地杀死了哥哥的儿子，让哥哥的女儿瑞亚·西尔维亚当祭司，而且要她立誓永不得生儿育女。在阿摩利乌斯的迫害下，瑞亚·西尔维亚终日跟其他处女看护着维斯太庙里的圣火，大多数时间她都是眼睛呆呆地盯着火堆，悲伤地想着自己及族人的遭遇。

一个偶然的机会,瑞亚·西尔维亚误闯战神玛尔斯的圣地,做了玛尔斯的新娘,并生下了两个男孩。当她抱着两个儿子骄傲地走进太庙时,遭到了祭司长和其他女祭司的嘲笑,女祭司把瑞亚·西尔维亚带到了国王阿摩利乌斯那里。面对侄女,阿摩利乌斯最关心的不是她的丑闻,而是怕这对尚在襁褓里的兄弟将来会来夺取他的王位,因为他们是合法的王位继承者。

"难道我要与神作对吗?"阿摩利乌斯马上又否定了自己这愚蠢的想法,"我怎么能与神作对呢?不过,维斯塔贞女的法律是完全可以把他们送到死神那里去的。"按照法律,瑞亚·西尔维亚和她的两个孩子被判沉水而死。

在行刑那天,当刽子手们把瑞亚·西尔维亚投入台伯河时,河神台伯律奴斯把这个可怜的女人拥了自己的怀里。刽子

埃特鲁斯坎母狼青铜雕像
该像铸造于公元前 480 年,一只机敏、警惕的母狼,成为罗马的象征。传说,罗马城的建立者双胞胎洛摩罗斯和雷姆斯就是靠吸狼奶长大的。

手们惊慌失措，把装有两个孩子的篮子扔入河中匆忙逃离了台伯河。

河水冲击着篮子，两个孩子哭了起来，正在此时，一头母狼经过这里，它打量着篮子里两个可怜的小东西，一种母性的怜悯油然而生，于是它把两个孩子一一叼回了狼窝，用自己的奶喂养嗷嗷待哺的小家伙。

一天，一个叫福斯图鲁斯的牧人从这里经过，当看到狼窝里的两个孩子时，不禁欣喜若狂，他的小儿子刚刚夭折，他是多么希望能有一对这么乖巧的孩子啊，于是，他把两个孩子抱回了家，给他们起名叫洛摩罗斯和雷姆斯。

看着洛摩罗斯和雷姆斯茁壮地成长，福斯图鲁斯很是欣慰，但也越来越感觉到，这两个孩子并不像凡人。他们的智力超过了他们的伙伴，渐渐成熟的脸上显露出了已被废黜的国王奴弥陀耳的影子。当听到瑞亚·西尔维亚因与战神玛尔斯生下的两个孩子被扔进台伯河后，他更加坚信了洛摩罗斯和雷姆斯是神的儿子。在欣喜中，福斯图鲁斯也感到了悲伤，如果真是这样，两个儿子迟早会离他而去。

福斯图鲁斯的担心并不是没有道理，不久之后他的话便得到了证实。

由于有健壮的体魄，每次因放牧与其他牧人发生争执时，洛摩罗斯和雷姆斯都会取得胜利。这种胜利对于拉文丁山上的牧羊人来说则是个极大的侮辱，牧羊人决定在卢泼卡利恩节上好好惩罚一下这两兄弟。

卢泼卡利恩节很快就到了,年轻人披着狼皮,载歌载舞进行狂欢,他们还要围着帕拉丁山赛跑。当然,洛摩罗斯和雷姆斯两兄弟又会在这次赛跑中充当胜利者,这也是牧羊人早已经料到的,所以牧羊人计划趁机向两兄弟发动攻击。

人们把祭供的牺牲摆放整齐,点燃火焰,在熊熊的烈火中,全部供品被天上的众神取走。人群欢呼着,祈祷着来年风调雨顺。人们做着各种扮相,欢笑声、叫喊声、音乐声混成一片,好不热闹。

赛跑很快也拉开了架势,洛摩罗斯和雷姆斯像一阵旋风一样驰骋在跑道上,很快就把其他的人甩在了身后,但他们根本没有想到,一群牧羊人正躲在前面不远处的灌木丛中,伺机进行攻击。

时机已到,牧羊人从灌木丛中窜到跑道中央,洛摩罗斯和雷姆斯被眼前发生的一切惊呆了。尽管他们奋勇反击,但雷姆斯还是被制服,洛摩罗斯则逃离了危险。

在逃回家的途中,洛摩罗斯遇到了福斯图鲁斯。

"父亲,刚才在赛跑时,雷姆斯被埋伏在路旁的阿文丁山上的牧羊人抓住了,我怀疑那些人会杀害雷姆斯的。"洛摩罗斯向福斯图鲁斯讲述着刚才的遭遇,并建议用武力拯救雷姆斯。"孩子,让我去向他们解释吧,如果那些阿文丁人知道你们的身世,他们一定会顶礼膜拜。我不需要再向你隐瞒了,你们的母亲是瑞亚·西尔维亚，父亲是战神玛尔斯，而你们的外祖父则是阿尔巴·隆伽合法的但已被废黜的国王奴弥陀耳。"福斯图鲁斯脸上浮现出对神和君主的崇敬。

"你是说我们是战神玛尔斯的儿子，且是这个王国的合法继承人吗？"洛摩罗斯似乎有点儿接受不了这个现实。"是啊，所以你不用担心雷姆斯的安危，神会保护他的。"为了安慰洛摩罗斯，福斯图鲁斯带着他来到阿文丁山，建议正在不知如何处置雷姆斯的阿文丁人寻找被流放的国王奴弥陀耳以证实两兄弟的身份。

帕拉丁人和阿文丁人对所发生的一切都非常关注，他们相拥着来到森林深处的西尔瓦诺斯庙找到了老国王奴弥陀耳。奴弥陀耳一眼就看出了眼前两个英俊青年就是自己的继承人，因为他俩的脸庞、身躯与自己年轻时如出一辙。

了解了自己的身世，洛摩罗斯和雷姆斯当即立下誓言，进攻阿尔巴·隆伽，为母亲报仇。在两兄弟的带领下，那些早已痛恨阿摩利乌斯的人纷纷拿起武器，向阿尔巴·隆伽进发。在与国王军队进行的激战中，阿摩利乌斯被洛摩罗斯所杀，群龙无首的国王军大败，奴弥陀耳又重新登上了阿尔巴的王位。

罗马的建立

奴弥陀耳重新登上阿尔巴的王位后，对洛摩罗斯和雷姆斯十分宠爱，他希望两个孩子将来能够替他掌管阿尔巴。正当奴弥陀耳为自己的想法而暗暗高兴的时候，洛摩罗斯和雷姆斯却来向他辞行，他们不打算继承王位，而希望白手起家，通过自己的努力一展宏图。奴弥陀耳还得知，两个孙儿想在台伯河下游建造一座城市，以纪念他们的母亲瑞亚·西尔维亚。奴弥陀耳被两个孩子的想法感动了，他把大片的土地赠给了两个孩子，帕拉丁和阿文丁牧人则成了这片土地上的第一批居民。此后，各地受迫害者纷纷来到这一地区，使这一地区的人口迅速得到了增长。

洛摩罗斯和雷姆斯的抱负得到了很多人的赞同，但是，真的要建造一座城池的话，到底应该以兄弟俩谁的名字命名呢？这座城池是应建在帕拉丁山上还是阿文丁山上呢？为此，两兄弟起了纷争。最后，他们决定让上天来对这一纷争进行裁决。

一个星光灿烂的深夜，洛摩罗斯率人登上了帕拉丁山，雷姆斯则登上了阿文丁山。大祭司在他们中间画了一道界线，然后大家都静静地等候着神谕的出现。

拂晓时分,东方飞来了六只雄鹰,它们围着阿文丁山转了几圈后飞出了人们的视野。雷姆斯欢呼着,向对面的洛摩罗斯示意:自己是上天选中来管理这个城市的。正当雷姆斯为此沾沾自喜的时候,从西方又飞出了十二只雄鹰,且径直朝着帕拉

古罗马城复原图
从图中我们可以感受出当时建造罗马城是一项浩大的工程,罗马人充分发挥奇特想象,配以高超的工艺,建筑出一个富丽堂皇、雄伟坚固的伟大城市。

丁山飞去，鸣叫几声后迎着初升的太阳飞去。

大家明白，这些雄鹰都是神派来的，但到底该由谁来建造这座城池呢？雷姆斯强调，虽然从东方飞向阿文丁山的六只雄鹰不及从西方飞向帕拉丁山的十二只多，但却是在先，而洛摩罗斯则要与雷姆斯比雄鹰的数量。最后，两方的争执愈演愈烈。雷姆斯意识到自己的力量不敌洛摩罗斯，不得不作出让步，允许洛摩罗斯建造城池。

洛摩罗斯把台伯河下游地区的所有青年男子召集在帕拉丁山的周围，给众神摆上祭品，宣布以雄鹰作为这座新城的城徽。

紧接着，帕拉丁人和阿文丁人开始建造自己的家园，他们先在地上挖了一道浅沟，顺着浅沟搭起了低矮的围墙。

一天，雷姆斯看到人们建造的低矮的围墙，一边耻笑着这些围墙有多么不起作用，一边从上面跨了过去。所有的人都惊呆了，看着洋洋得意的雷姆斯，他们不知所措起来。洛摩罗斯没有想到胞弟竟会以这种方式与自己对抗，他实在忍无可忍，拔刀刺向了雷姆斯。雷姆斯倒地的一刹那，洛摩罗斯虽然有些后悔，但他知道，只有这样才能给那些满怀期待的人一个交代。在人们诧异的目光中，洛摩罗斯高声喊道："谁敢逾越这些围墙，下场和他一样。"欢呼声中，人们又投入建城的劳动之中。

不久，城池竣工了，但洛摩罗斯并没有流露出一丝喜悦。为了惩罚洛摩罗斯杀了自己的兄弟，众神给这座新建的城池带去了灾难：在烈日的炙烤之下，田野上一片枯焦，而冰雹却从天而降。此外，城里传播着瘟疫，几乎所有的人都患上了重病。其实，洛摩罗斯也一直在为杀死自己的兄弟而感到内疚，他向人们宣布原谅雷姆斯的罪过，还在自己的宝座旁放了另一把宝座，以象征第二个王位。此外，他还把自己的权杖和王冠放在空着的宝座上，表示愿意与死去的雷姆斯共同管理这个城池。

人们对洛摩罗斯的做法看法不一，有的人反对这种死人与活人共同执掌的方式，认为这将是一个恐怖的地方，于是逃离了；而另外一些人则对洛摩罗斯的这一做法表示赞同，认为在这样一个大度的国王的领导下，这个国家必将有一个好的发展，于是留了下来。对留下来的人们，洛摩罗斯给予了奖励，从此开始精心治理国家。瘟疫慢慢地在城内消失了，田野里也恢复了以前的绿意，留下来的人们欢呼雀跃。

洛摩罗斯根据自己的名字，将这个城市命名为"罗马"。为了使罗马固若金汤，在洛摩罗斯和他的后人的带领下，城墙不断地被升高，防范也越来越严密，为这座年轻的城市后来成为世界的中心奠定了基础。